笑讀詩詞學地理 天體水文

國學特訓班

新國潮童書——編著

五南圖書出版公司 印行

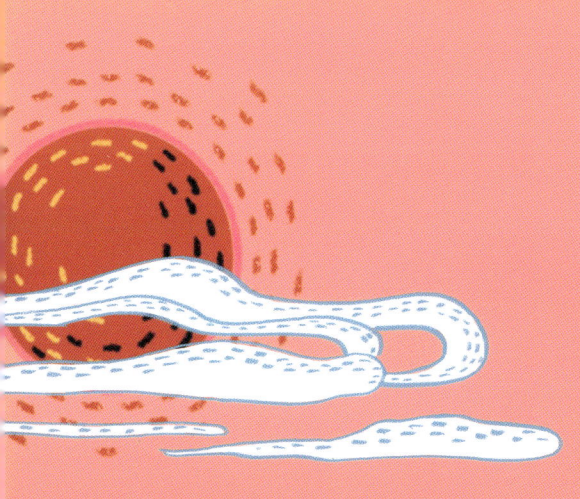

前　言

　　從《詩經》誕生以來，詩歌便在中華民族的血脈中流淌開來。《楚辭》長短參差，感情奔放，獨領「風騷」；漢樂府詩「緣事而發」，質樸卻不俚俗，自成一派；而後《古詩十九首》橫空出世，開啟了人的自覺與文的自覺，《詩品》讚其曰「一字千金」。

　　建安七子，詩風遒勁；竹林七賢，慷慨而歌。田園、隱逸，其憂難解。南北朝民歌各自璀璨，纏綿清麗與剛健爽朗並立。

　　唐詩、宋詞，中國文學史上的兩顆明珠，光芒耀眼，不可直視。元至明清，復古與革新交替，詩作噴湧，文脈傳承不息。

　　讀萬卷書，行萬里路。千年詩詞之美，歌盡中華山河。何不讓孩子跟著優美詩詞的腳步，領略天南地北的壯麗畫卷，學習全面、系統的地理知識。用古詩詞解讀中國地理，建構立體的地理文化體系與科學脈絡。

　　全套書選取二十八首古詩詞，說盡中國山川名勝之美，亦有氣象、天體、水文、地形等知識的詳細剖析。一條地理線，學會古典詩詞；一條詩詞線，看遍大美中國。

目錄

02 / 暮江吟 白居易
04 / 月相與陰曆、陽曆

06 / 迢迢牽牛星 佚名
08 / 銀河與銀河系：牛郎和織女相隔有多遠

10 / 浪淘沙（其七） 劉禹錫
12 / 潮汐：月亮的「呼吸」

14 / 敕勒歌 北朝民歌
16 / 古人的宇宙觀

18 / 登鸛雀樓 王之渙
20 / 地形：千姿百態的家園

22 / 小至 杜甫
24 / 地球的公轉：四季變換的鑰匙

26 / 次北固山下 王灣
28 / 地球的自轉：晝夜更替的祕密

30 / 小池 楊萬里
32 / 地下水：埋藏在地下的流動「寶藏」

34 / 望廬山瀑布 李白
36 / 瀑布：跌落九天的「銀河」

38 / 月蝕 梅堯臣
40 / 月食：「天狗」的「傑作」

42 / 長歌行 漢樂府
44 / 水循環：地上的雨水都去哪兒了？

46 / 早發白帝城 李白
48 / 三峽：水力的天然寶庫

50 / 古朗月行（節選） 李白
52 / 月亮：玉兔的「老家」

54 / 江南 漢樂府
56 / 方向：東西南北間的科學奧祕

暮江吟

〔唐〕白居易

一道殘陽鋪水中，
半江瑟瑟半江紅。
可憐九月初三夜，
露似真珠月似弓。

◎ 殘陽：夕陽，快要落山的太陽的光。
◎ 可憐：可愛。
◎ 真珠：珍珠。

1 這首詩很好懂

夕陽的餘暉鋪灑在江面上，波光粼粼；江水一半呈現出碧綠色，一半被霞光染成了紅色。最可愛的是那九月初三的夜晚，草上的露珠好似粒粒珍珠，天上的新月*形如一張彎弓。

2 詩詞鑑賞課

此詩妙處很多。一個「鋪」字用得十分傳神，比「照」字更貼合夕陽映江的柔和之狀；殘陽與新月（月似弓），不僅是意象的比照，更寫出了時間更替的流逝感。

*這裡的「新月」指「初出的月亮」，而非月相的概念。

❸ 詩詞故事：白居易與「牛李黨爭」

白居易是唐朝偉大的社會寫實派詩人，後人稱其為「詩魔」。年輕的時候，白居易是一名「憤青」，夢想著兼濟天下，可當他目睹了朝政昏暗、看透了官場爭鬥之後，瀟灑轉身，自請外任。〈暮江吟〉就是他放棄中書舍人之職、出任杭州刺史途中所寫。

白居易的政治態度也是在這一年（822年）發生的轉變，自此後未再提過任何針對時事的批評、建議，「牛李黨爭」是促成這一轉變的一個重要原因。當時朝中兩黨爭鬥不息，風氣敗壞，甚至連皇帝都對此束手無策。

❹ 小試牛刀

詩中「可憐九月初三夜，露似真珠月似弓」中「可憐」的意思是（　　）。
A.憐憫　　B.可愛　　C.憐惜

❺ 「月」字飛花令

月黑見漁燈，孤光一點螢。——〔清〕查慎行〈舟夜書所見〉
海上生明月，天涯共此時。——〔唐〕張九齡〈望月懷遠〉

姓名：白居易
字：樂天
生年：772
卒年：846

1969年7月20日，美國太空人阿姆斯壯和艾德林，乘坐阿波羅號太空船，成功登上月球。

答案：B

月相與陰曆、陽曆

好奇放大鏡

「可憐九月初三夜，露似真珠月似弓。」一輪彎彎的月亮讓白居易駐足良久，不肯離去。蘇軾也曾發出「人有悲歡離合，月有陰晴圓缺」的喟嘆。那麼，月亮為什麼有時圓有時缺呢？這與月相變化有關。

❶ 月相變化的由來

月亮本身並不發光。我們在夜晚看到的月亮之所以是亮的，是因為它反射了太陽光。月球繞著地球轉動，地球繞著太陽轉動，這三個天體的相對位置持續變化著。所以，我們在地球上所看到的月亮光亮部分的形狀也在不斷變化。

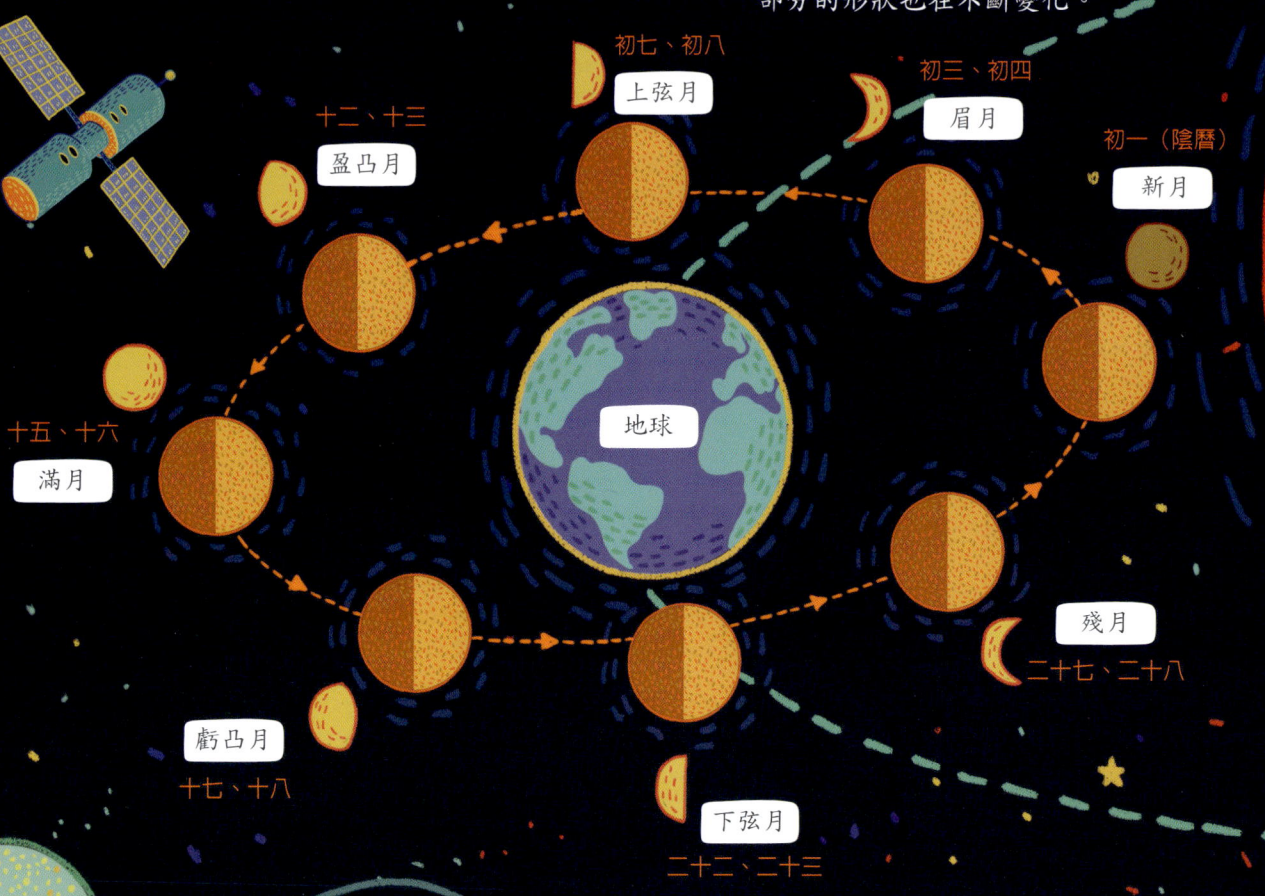

- 初七、初八　上弦月
- 十二、十三　盈凸月
- 初三、初四　眉月
- 初一（陰曆）　新月
- 十五、十六　滿月
- 地球
- 殘月　二十七、二十八
- 虧凸月　十七、十八
- 下弦月　二十二、二十三

為什麼天體大多是球形的？

宇宙中的天體，大多是近乎圓滾滾的球體，比如太陽、月亮和地球。這是巧合，還是宇宙中的某種神祕力量所致？答案很簡單，造成這一結果的，就是生活中無所不在的重力。重力會把所有物質拉向引力的中心，所以物體的質量越大，引力場就越強，物體中所有的原子都會向引力中心靠近（除非被外力阻擋）。當物體內部所有的物質都盡可能靠近引力中心，最終導致這個物體逐漸形成一個球體。宇宙中數量龐大、飛來飛去的小行星和隕石，大多並非球體，這是因為這些小型天體的體積和質量太小，導致它們的引力不夠大，無法形成球體。

04

❷ 月相與陰曆、陽曆

中國的古人根據月相變化的規律制定了一種曆法，將月相變化的週期29天或30天作為一個月，將12個月稱為「一年」。這就是最初的陰曆。

由於陰曆是按照月相變化的週期制定的，不考慮地球繞太陽公轉的週期，所以時間久了，古人們發現，陰曆中月分對應的季節在悄無聲息地變化。反映到農事上，就是春耕秋收的日子在不斷變化。

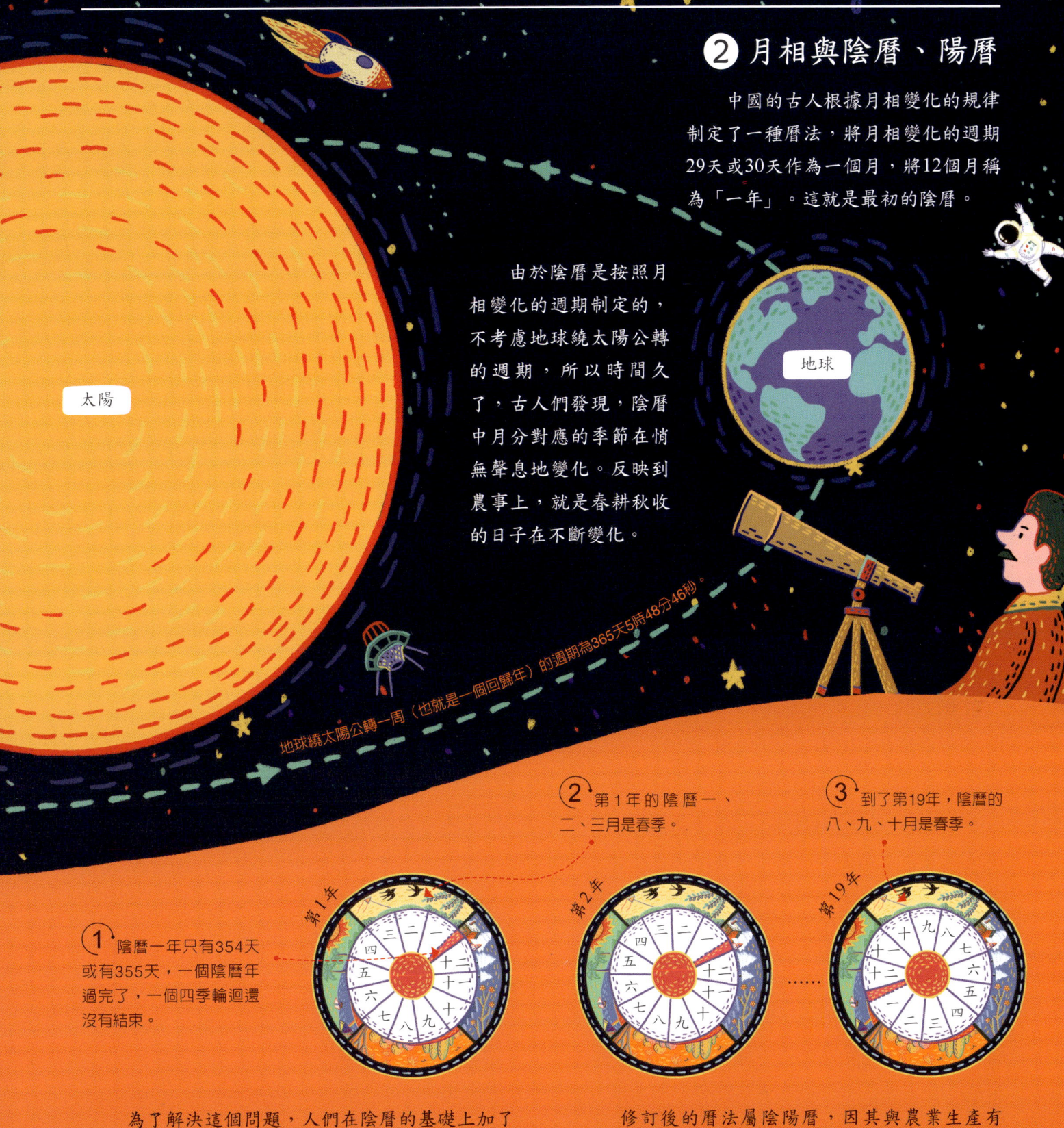

地球繞太陽公轉一周（也就是一個回歸年）的週期為365天5時48分46秒。

① 陰曆一年只有354天或有355天，一個陰曆年過完了，一個四季輪迴還沒有結束。

② 第1年的陰曆一、二、三月是春季。

③ 到了第19年，陰曆的八、九、十月是春季。

為了解決這個問題，人們在陰曆的基礎上加了閏月。古人設置閏月大致遵照19年7閏的法則。因為一個陰曆年與一個回歸年相差11天左右，19年即相差209天，大致相當於7個月。

修訂後的曆法屬陰陽曆，因其與農業生產有關，故稱「農曆」。中國的農曆中包含二十四節氣，而節氣是根據太陽在黃道上的位置來劃分。

05

迢迢牽牛星

佚名

迢迢牽牛星，皎皎河漢女。
纖纖擢素手，札札弄機杼。
終日不成章，泣涕零如雨。
河漢清且淺，相去復幾許。
盈盈一水間，脈脈不得語。

◎ 迢迢牽牛星：選自《古詩十九首》，作者不詳，寫作時代大約在東漢末年。
◎ 不成章：織不出整幅的布帛。

❶ 這首詩很好懂

　　明亮的牽牛星與織女星，相隔遙遠。織女伸出纖纖玉手，撫弄著織布機。織一整天都織不出一匹完整的布，她因為思念丈夫牛郎而淚如雨下。這銀河看起來又清又淺，相隔能有多遙遠？雖然只相隔了一條銀河，但也只能含情脈脈、相視無言。

❸ 詩詞故事：七夕節的由來

　　農曆七月初七是中國傳統節日——七夕節。民間傳說，這天是牛郎織女相會的日子。當天晚上，姑娘們會在月下擺上瓜果向織女祭拜，以乞求像織女那樣心靈手巧，因此這天又被稱作「乞巧節」。此外，姑娘們還會對月穿針，誰能最先用五彩絲縷穿過七孔針，就稱之為「得巧」。

　　由於牛郎織女美麗的愛情傳說，這一天也逐漸變成了象徵愛情的節日。

❷ 詩詞鑑賞課

這首詩詠嘆牛郎織女的愛情悲劇，著重描繪織女的形象以及織女的苦痛。以「纖纖素手」這一細節表現織女的秀麗，而「札札」「終日」「泣涕」三句是描摹其相思之苦，「河漢」四句以相距「一水」卻只能脈脈不語，渲染其情感的纏綿和哀楚。

❹ 小試牛刀

詩中「河漢」的意思是（　　）。
A.銀河
B.河流名稱
C.一種星星的名稱

牛郎星是「河鼓二」的俗稱，又叫「牽牛星」，學名「天鷹座α」。織女星一般指「織女一」，學名「天琴座α」。

❺ 「星」字飛花令

危樓高百尺，手可摘星辰。──〔唐〕李白〈夜宿山寺〉
七八個星天外，兩三點雨山前。──〔宋〕辛棄疾〈西江月・夜行黃沙道中〉

Ａ：答案考參

銀河與銀河系：牛郎和織女相隔有多遠

好奇放大鏡

「迢迢牽牛星，皎皎河漢女。」牽牛星即牛郎星，河漢女則指織女星。牛郎和織女之間看似只隔了一條清淺的銀河，卻只能遠遠地相望而不能相見交談，害得織女整日無心織布、泣涕如雨，何其悲涼！那麼，現實中牛郎星和織女星的距離到底有多遠呢？

❶ 銀河與銀河系

在空曠的郊野，你或許能在明朗的夏日夜空中看到一條橫跨天穹的「銀色飄帶」，在天幕中閃爍著淡淡的光彩。這其實是銀河系的側面。

銀河系是由幾千億顆恆星以及大量星團、星雲、星際氣體和星際塵埃組成的。它是一個直徑長達10萬光年的漩渦狀星系。它的厚度只有約3000光年。

- 核球所含的氣體較少，這裡很少有新的恆星形成。
- 銀盤中含有大量的星際氣體，新的恆星就是從中誕生的。
- 銀暈是環繞著核球與銀盤的球狀區域，這裡只有少量星際氣體，因此也極少孕育出新的恆星。

銀河系俯視圖

從俯視圖看，銀河系就好像一朵光芒燦爛的鮮花，正在夜空中絢麗地盛放。而從側視圖看，銀河系就好像一個又扁又平的盤子，中間有一個凸起的核球。地球所在的太陽系正是因為處於銀河系的邊緣，所以當我們向著「圓盤」方向看去的時候，只能看到銀河的側面——一條橫貫天際的白色帶子。盤子周圍有一個巨大的球形區域，它的名字叫「暈」。當銀河還只是一個氣團的時候，暈就已經圍繞在銀河的邊緣了。在暈裡面，還包含有球狀星團以及各種神秘的暗物質。

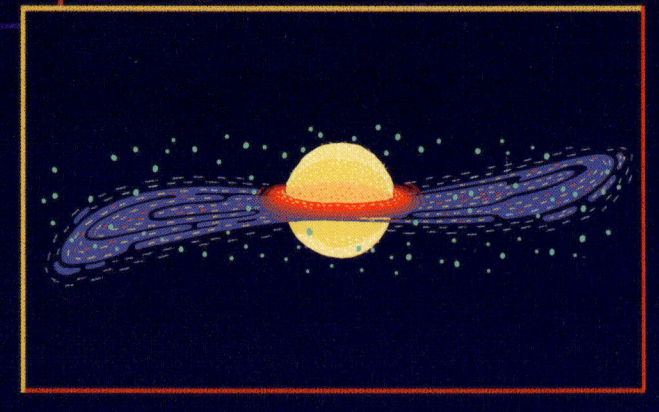

▲ 銀河系側視圖

❷ 「牛郎」和「織女」的距離

銀河兩側，各有一顆十分明亮的星星。位於銀河東岸的是牛郎星，屬於天鷹座。牛郎星是全天空第12亮的恒星，是一顆比太陽更熱更年輕的恒星，其直徑大約是太陽的兩倍。由於自轉速度特別快，所以它其實有點扁，是一個橢球體。

位於銀河西岸的是織女星，屬於天琴座。織女星是天空中第5亮、北半球第2亮的恒星。雖然織女星的年齡只有太陽的十分之一，可由於質量是太陽的兩倍左右，所以科學家預測它的壽命也只有太陽的十分之一。

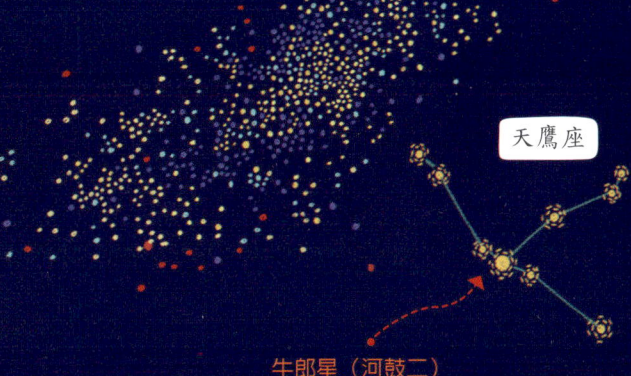

織女星（織女一） 天琴座

天鷹座

牛郎星（河鼓二）

牛郎星距離地球約16.7光年，織女星距離地球約25光年。牛郎星與織女星之間的距離約為16光年。這個距離，如果是坐一般的客機，則需一刻不歇地飛行約1920萬年才能到達。

天上的星星為什麼看起來相隔很近？

抬頭仰望，天上的星星之間似乎相隔很近，我們甚至會擔心星星們「相撞」。實際上，這些星星之間，可能相距數十光年、數千光年甚至上億光年呢！我們眼睛所看到的，不過是星星在立體空間中的投影。肉眼所見之天空，星星的間距只是一個相對的位置關係，並不代表著星星之間的真實距離哦。遙遠的星星投影在天穹上，很像某些特殊的圖案，世界各地的人們根據想像創造出了各種各樣的神話，「星宿」、「星座」也就隨之誕生了。

宇宙中還有許多星系，都是呈圓盤形狀的。

▲ 其他星系模擬圖

浪淘沙（其七）

〔唐〕劉禹錫

八月濤聲吼地來，
頭高數丈觸山回。
須臾卻入海門去，
捲起沙堆似雪堆。

◎ 浪淘沙：唐教坊曲名，這裡用作詩題。
◎ 海門：江水流入大海的地方。

1 這首詩很好懂

八月錢塘江的潮水聲令大地震顫，數丈高的浪頭撞向山壁後又折返。片刻之間，潮水便退向江海匯合之處流向大海，捲起的沙在陽光照耀下像一座座雪堆留在岸邊。

2 詩詞鑑賞課

本詩描繪了錢塘潮這一壯美的自然奇觀。詩人透過描寫潮水的嘶吼聲和巨浪撞擊山壁的過程，讓讀者感受到了聽覺和視覺上的雙重震撼。

姓名：劉禹錫
字：夢得
生年：772
卒年：842

❸ 詩詞故事：劉禹錫與〈陋室銘〉

人稱「詩豪」的劉禹錫，是唐朝中晚期詩人。他生性樂觀豁達，又頗具才華，曾被委以重用。但後來他因為參與改革得罪了當朝權貴，接連被貶，一度被調往和州（今安徽和縣）任刺史。

勢利的和州知縣不安排他住衙門附近，反而將其住所安排到城南臨江處，劉禹錫也不惱，還寫下一副對聯貼在門上：「面對大江觀白帆，身在和州思爭辯」。知縣很生氣，立刻派人將劉禹錫的住所挪到了城北，房間由原來的三間減少到一間半。劉禹錫裝作沒事一樣，又提筆寫了一副對聯：「垂柳青青江水邊，人在歷陽心在京」。知縣見他仍然悠閒自樂，大為光火，乾脆在城中幫他找了一間陋室，僅能容下一床、一桌、一椅。劉禹錫無奈苦笑，揮就文章一篇，這便是流傳千古的〈陋室銘〉。

❹ 小試牛刀

詩句「九曲黃河萬里沙，浪淘風簸自天涯」使用的修辭手法是（　　）。
A.比喻　　B.擬人　　C.誇飾

❺ 「濤」字飛花令

亂石穿空，驚濤拍岸，捲起千堆雪。──〔宋〕蘇軾〈念奴嬌·赤壁懷古〉
天接雲濤連曉霧，星河欲轉千帆舞。──〔宋〕李清照〈漁家傲·天接雲濤連曉霧〉

參考答案：C

「錢塘風景古來奇。」唐朝便有大量關於錢塘潮的詩作，到了宋代，由於政治經濟文化中心的南移，錢塘潮受到了空前關注，更是成為文人作品中的「常客」。

潮汐：月亮的「呼吸」

八月的浪濤聲如同萬馬奔騰一般洶湧而來，掀起幾丈高的浪花沖向山頭又被撞回。這就是我們所說的潮汐。

那麼，潮汐究竟是怎樣形成的呢？

1 潮汐及其由來

潮汐是一種海水週期性漲落的現象。海水一般一天會有兩次潮起潮落。白天海水的漲落，稱之為「潮」；夜晚海水的漲落，稱之為「汐」。

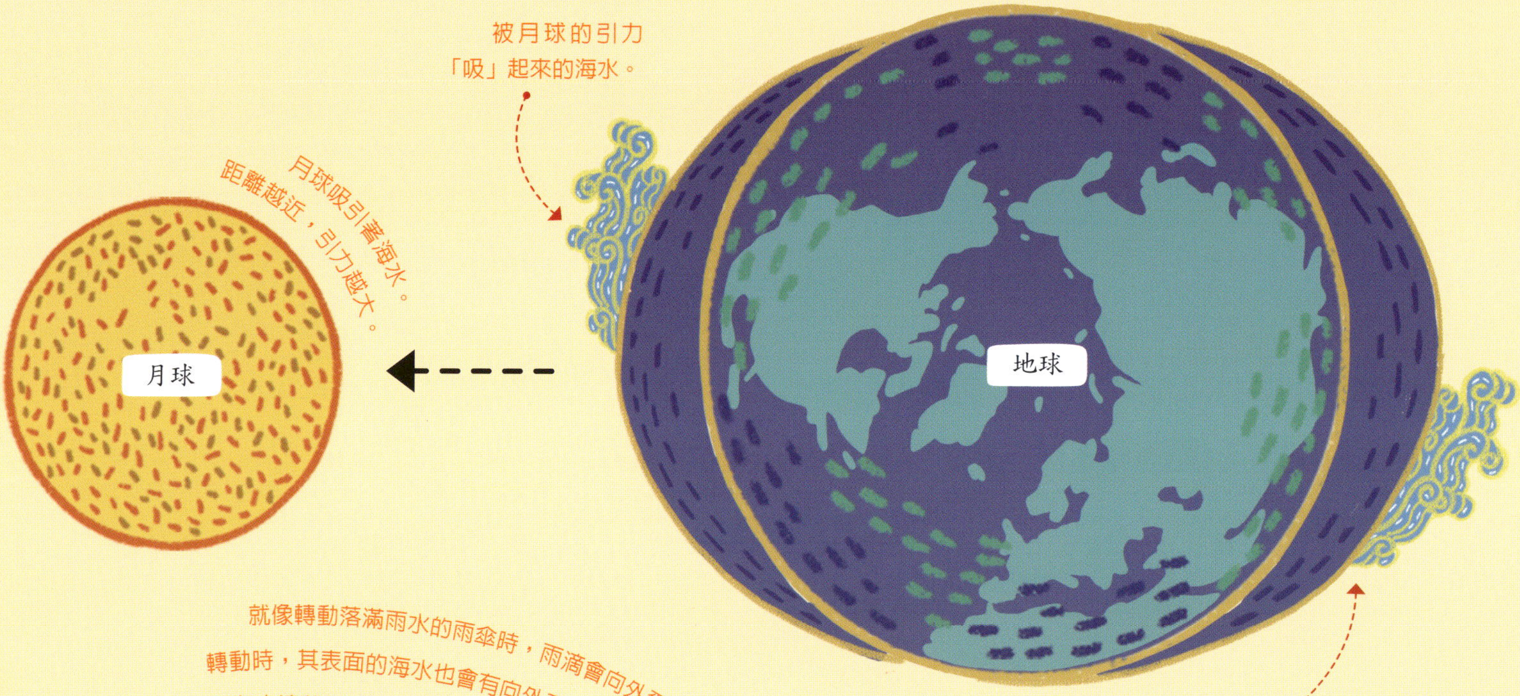

被月球的引力「吸」起來的海水。

月球吸引著海水。距離越近，引力越大。

月球

地球

就像轉動落滿雨水的雨傘時，雨滴會向外飛濺一樣，地球轉動時，其表面的海水也會有向外飛濺的趨勢。這種使雨滴和海水遠離旋轉中心的力就是離心力。

被地月系統的離心力「拋」起來的海水。

一般認為，海水的漲落與月球有關。在萬有引力的作用下，月球對地球上的海水是有吸引力的。月球對地球的引力與地球自身轉動所產生的離心力一起，構成引潮力，造成了潮汐現象。

潮汐主要受月球的影響，但太陽的作用也不可以忽視。新月和滿月時，太陽、地球、月亮處於同一線上，地球受到的太陽引力和月球引力也就正好處於一條直線上，它們的引力合在一起，會形成大潮。上弦月和下弦月時，太陽和地球的連線與月球和地球的連線呈直角，太陽與月球的引力會相互牽制，形成小潮。

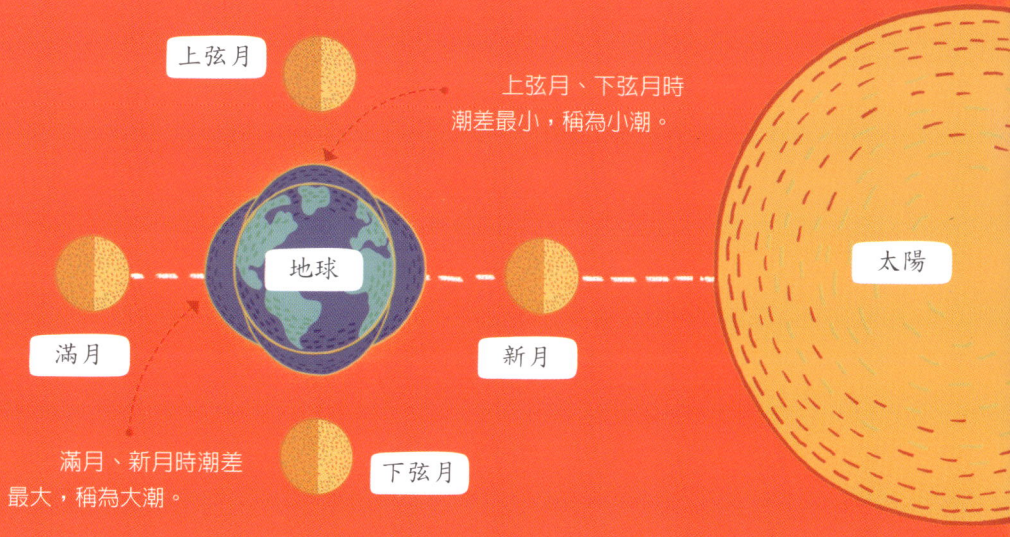

❷ 潮汐與我們的生活

海水每天漲漲落落，對我們的生活有什麼影響呢？漁民撒網捕魚，潮汐就是影響收穫不可忽略的客觀因素。一般來說，漲潮時是最佳的捕魚時段。我們建造港口、設計汙水管等等，也都需要考慮潮水的變化。另外，潮汐的能量還可以用來發電。浙江江廈潮汐發電廠是目前中國已建成的最大的潮汐發電廠。

▲ 海水漲潮時水位高於水庫水位，海水向水庫流動，推動水輪機運轉。

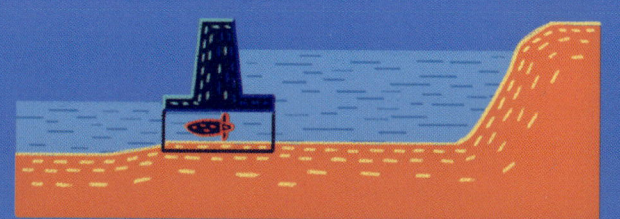

▲ 海水退潮時水位低於水庫水位，水庫水向海洋流動，推動水輪機運轉。

潮汐與登陸戰

在軍事領域，掌握和利用潮汐規律，對於登陸戰的成功來說至關重要。1661年，鄭成功收復臺灣時，有兩條航道可以進入臺灣：一條口寬水深，但是有荷蘭重兵把守；另一條則是鹿耳門航道，此處狹窄彎曲且水淺，暗礁密布，大船根本難以進入。因此，荷蘭軍隊並未在這裡設防。但讓荷蘭軍隊沒有想到的是，南明永曆十五年四月初一正值大潮，鹿耳門航道水深可達5公尺，鄭成功便在這一天率領軍隊順潮而上，通過鹿耳門，最終成功登陸。此外，諾曼地登陸、仁川登陸等都是巧妙利用潮汐規律順利登陸的軍事案例。

13

敕勒歌

北朝民歌

敕勒川，陰山下。
天似穹廬，籠蓋四野。
天蒼蒼，野茫茫，
風吹草低見牛羊。

◎ 敕勒：古代北方少數民族之一。
◎ 川：指平原。
◎ 穹廬：用氈布搭建的圓頂帳篷。

❶ 這首詩很好懂

敕勒大草原，就在陰山腳下。天空就如帳篷的圓頂，籠罩草原的四面八方。天空湛（ㄓㄢˋ）藍，原野遼闊。風兒吹過，牧草起伏，一群群牛羊若隱若現。

❷ 詩詞鑑賞課

這首民歌語言質樸而生動，描繪了遼闊壯美的北方草原風光，抒寫了草原人民熱愛家鄉、熱愛生活的豪情，境界開闊，格調雄闊。

３ 詩詞故事：北朝民歌

北朝民歌是南北朝時期各族勞動人民創作的歌謠，大多語言質樸，氣勢蒼涼慷慨。它們誕生的時間跨度很長，傳唱的地域範圍、所用語言也不盡相同。齊梁之際，北朝民歌開始南傳。〈敕勒歌〉便是北朝民歌的代表之一，其長短不一的句式，是由於鮮卑語翻譯為漢語後音義轉變之故。這種活潑、自由的句式及韻律，深深地影響了唐以後的詩詞。

北朝民歌，大多質樸鏗（ㄎㄥ）鏘（ㄑㄧㄤ），對唐代邊塞詩的影響巨大。

４ 小試牛刀

這首民歌，隱含了我們所學的兩個有名的地理區域，它們是（　　）。
A.四川盆地、陰山　　B.陰山、內蒙古高原
C.陰山、黃土高原

B：案答巻參

５ 「歌」字飛花令

我歌月徘徊，我舞影零亂。
　　　　——〔唐〕李白〈月下獨酌四首（其一）〉

鵝，鵝，鵝，曲項向天歌。
　　　　——〔唐〕駱賓王〈詠鵝〉

好奇放大鏡

古人的宇宙觀

「天似穹廬，籠蓋四野。」在茫茫的大草原上，天空就像一頂氈製的圓頂大帳篷，籠罩著草原的四面八方。這其實反映了古人的宇宙觀。在古人眼中，天是圓的，地是方的。人們忍不住懷疑：圓圓的天空怎麼會完全覆蓋到方方的大地呢？

▲ 天圓地方說中的地球

1 古人對宇宙的認識

在古人眼中，「天圓如張蓋，地方如棋局」，即天像一個圓圓的鍋蓋，穹隆狀的天覆蓋在方方的、平直的大地上。這種說法在古代流行了一段時間後，有人感到疑惑：天是圓的，地卻是方的，這樣的話地的四個角是沒辦法被完全覆蓋的，這該如何解釋？屈原〈天問〉云：「九天之際，安放安屬？隅隈多有，誰知其數？」按照屈原的想像，天和地為了相互適應，天地交接的地方，存在很多彎曲。

後來，有人提出了新的假設：「渾天如雞子，天體圓如彈丸，地如雞中黃。」宇宙好比「雞蛋殼」，而地球則是其中的「蛋黃」。在科技條件尚不發達的時代，中國人對於宇宙的想像其實還是蠻豐富的。

▲ 渾天說中的地球

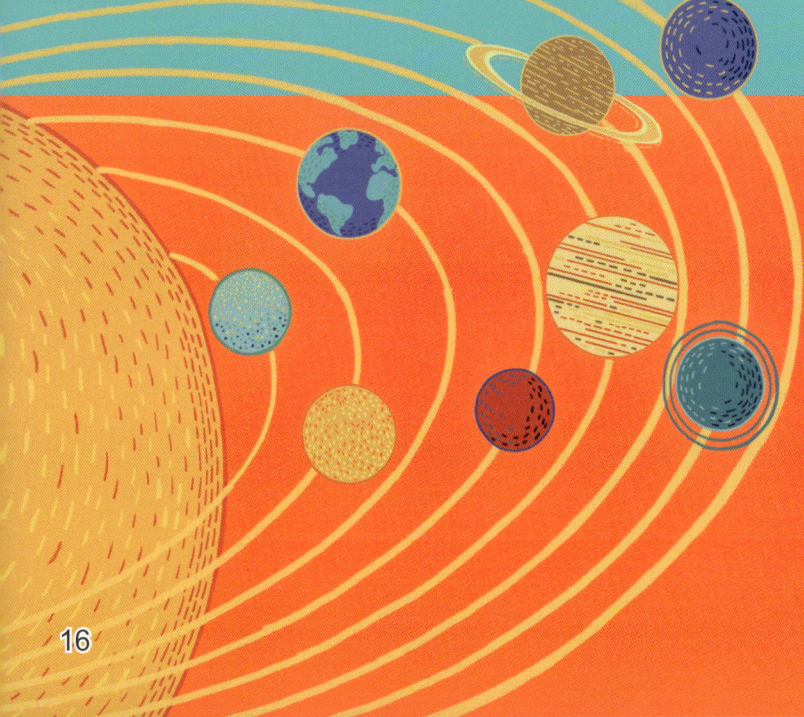

3 「宇宙」究竟是什麼樣的

我們現在知道了，地球不是宇宙的中心，太陽也不是宇宙的中心。太陽只是太陽系的一個中心天體而已。而太陽系，也只是宇宙之中微小的一部分罷了。宇宙之大，已經遠遠超出了我們的認知範圍和想像力。回顧人類宇宙觀的變遷，我們總是越來越接近真相，卻又不斷發現新的問題。宇宙究竟是什麼樣的？更多意想不到的答案，依舊等待著我們去探索和挖掘。

❷ 「天動說」與「地動說」

古希臘人最早提出了「天動說」。他們認為地球靜止不動地處在宇宙的中心，周圍的所有天體都在繞著地球進行公轉，公轉的週期是一天。而人類是宇宙的主人，也是所有天體的主人。

後來，偉大的波蘭科學家哥白尼提出了「地動說」。他認為，太陽是宇宙的中心，地球和其他所有的行星都在圍繞著太陽運動。地球並沒有我們想的那麼偉大，它並不是整個宇宙的中心，而只是一顆普通的行星。「地動說」理論開啟了近代科學掙脫神學束縛，獨立發展的道路。

▲ 天動說示意圖

為什麼地面看上去是平的呢？

既然地球是球體，可是為什麼在我們看來地面是平的呢？其實是因為我們和地球相比太過渺小，我們的視野實在是太狹窄了，所以將曲面誤解為了平面。我們站在遠處看向一個球，能夠分辨出它是一個球體。可是如果我們身在其中，只能看見球體表面微小的一部分時，結果又如何呢？由於地球太過龐大，我們的目光往往只能集中在地球的某個點上，所以地面看上去就像是平的，這是一種錯覺，也是人類最開始認為大地是方形的原因。

登鸛雀樓

〔唐〕王之渙

白日依山盡，
黃河入海流。
欲窮千里目，
更上一層樓。

◎ 窮：盡，完。
◎ 更：再。

❶ 這首詩很好懂

太陽依傍著遠山緩緩落下，洶湧的黃河向著大海奔流。要想看到更遠處的風景，就要登上更高的一層樓。

❷ 詩詞鑑賞課

本詩是作者登高望遠所作，表現了作者廣闊的胸懷和昂揚向上的精神。一、二句對仗，依山日落，入海奔流，話語簡潔卻描繪出廣闊奔騰的萬里江山。三、四句表達詩人雖然縱覽江山，卻仍想極目千里的想法，這種積極進取的精神令人振奮。

3 詩詞故事：王之渙旗亭聽唱

王之渙是唐朝著名的邊塞詩人，他出身名門，曾遊歷天下，遍交名士。

有一次，他與高適、王昌齡同在旗亭上遊春飲酒。旁邊恰有幾位歌女在侍候貴賓，唱歌勸酒。三位詩人雅興大發，約定誰的詩被唱得最多，就認定誰名氣越高。前三位歌女分別唱了王昌齡的兩首詩和高適的一首詩。王之渙不服，指著其中最美的一個歌女說：「如果這位姑娘唱的不是我的詩，我就一輩子不寫詩了。」話音剛落，便聽她唱起了王之渙的〈涼州詞〉，此後吟唱的兩首也都是王之渙的詩作。

| 姓名：王之渙 |
| 字：季凌（ㄌㄥ） |
| 生年：688 |
| 卒年：742 |

鸛雀樓是中國四大歷史文化名樓之一，始建於北周時期。相傳一種名為鸛的鳥常棲息於樓上，故名。其歷經唐、宋至金明昌時猶存，後至元初毀於戰火。

4 小試牛刀

這首詩中提到的鸛雀樓，位於下列哪個省？（　　）
A.山西省　　B.湖北省　　C.江蘇省

5 「樓」字飛花令

山外青山樓外樓，西湖歌舞幾時休？
　　　　　　　　——〔宋〕林升〈題臨安邸〉

小樓昨夜又東風，故國不堪回首月明中。
——〔五代〕李煜（ㄩˋ）〈虞（ㄩˊ）美人·春花秋月何時了〉

答案：A

地形：千姿百態的家園

「欲窮千里目，更上一層樓。」如果想要看見更遠的風景，就一定得站得更高。那麼，我們為什麼不能一眼望到世界的盡頭呢？我們賴以生存的地球家園，究竟是怎樣的？它有著怎樣美麗的風景？

1 地球是一個球體

地球是一個兩極稍扁、赤道略鼓的球體。「天圓地方」的說法流傳了上千年，直到晚近，人們才逐漸認識到我們賴以生存的家園是一個球體。

地球的龐大，我們其實是很難想像的。它的平均半徑約為6371公里，赤道周長約40076公里，表面積為5.1億平方公里。隨你站在任何一處高山，想要一眼望到地球的盡頭，那是絕不可能的。

地球表面大約71%的面積為海洋，大約29%的面積為陸地。所以，地球是一個名副其實的「水球」呢。

2 地形「萬花筒」

從茫茫宇宙中看地球的話，地球是一顆蔚（ㄨㄟˋ）藍色的球體。可如果從不遠的高空俯瞰（ㄎㄢˋ）地球的話，我們又能夠欣賞到千姿百態的地形地貌。平原、高原、山地、丘陵和盆地是五種最基本的地形。促使這些地形形成的力量，主要來自兩個方面：一是來自地球的「內力作用」，包括地殼運動、岩漿活動和地震等；二是來自地球外部太陽輻射能的「外力作用」，包括風化、侵蝕、搬運、沉積等。一般來說，內力作用總是會使地表趨於崎嶇，而外力作用總是會使地表趨於平坦。地球上宏觀地形格局的形成，離不開這些神祕又龐大的力量。

山地

高原

平原

丘陵

盆地

③ 「地球之巔」——聖母峰

「地球之巔」——聖母峰，或許是整個陸地上距離天空最近的地方。聖母峰位於中國與尼泊爾交界的邊境線上，山體呈巨型金字塔狀。2020年12月8日，中國與尼泊爾共同對外宣布，聖母峰最新高度為8848.86公尺。

據探測，遠古時期，聖母峰所在的喜馬拉雅山地區可能是一片海洋。在漫長的地殼演變過程中，從陸地上沖刷而來的大量碎石和泥沙堆積在喜馬拉雅山地區，形成了厚達數萬公尺的岩層。再到後來，由於強烈的造山運動，喜馬拉雅山地區受擠壓而猛烈抬升，高聳入雲的喜馬拉雅山脈由此形成，且仍處於不斷上升中。

地球的表面如何才能完美地「鋪」在平面上呢？

如果你把一個橘子剝開，並把它的表皮平鋪在桌面上，你會發現橘皮有些地方會起皺褶，有些地方則會破裂——因為球面是不可能直接平整展開的。

我們平時使用的地圖基本都是平面，那麼，地球的表面如何才能完美地「鋪」在平面上呢？這就要涉及一個重要的概念——「地圖投影」。通俗來講，就是把整個地球表面或地球表面的一部分圖形映射、投影到一個可以展開成平面的曲面上。這個可展開的曲面可以是圓錐或圓柱的側面。例如：沿著圓柱體母線把圓柱體側面割開，可以展開成矩形；沿著圓錐體母線把圓錐體割開，可以展開成扇形。藉助這些可展開的曲面，地球球面上的圖形就能夠順利地投影到平面上了。

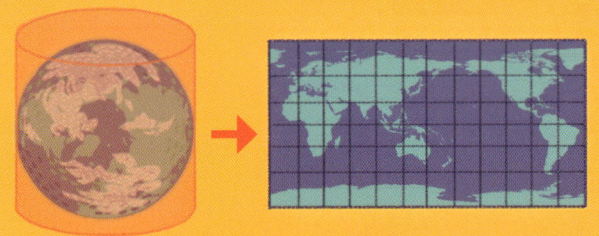
▲ 圓柱投影

▲ 圓錐投影

小至

〔唐〕杜甫

天時人事日相催,冬至陽生春又來。
刺繡五紋添弱線,吹葭六琯動浮灰。
岸容待臘將舒柳,山意沖寒欲放梅。
雲物不殊鄉國異,教兒且覆掌中杯。

◎ 小至:冬至前一日。　　◎ 覆:傾,倒。
◎ 五紋:五色彩線。

1 這首詩很好懂

自然節氣和人間世事逐日相催，冬至一到，陽氣初動，春天快要來了。刺繡姑娘添絲加線趕做春裝，律管內的灰相應飛出則知冬至已到。堤岸似乎在等臘月快點過去，好讓柳樹舒展枝條，山中的蠟梅衝破寒氣傲然綻放。這裡的景致與故鄉相差無幾，我讓小兒將美酒斟滿，然後一飲而盡。

2 詩詞鑑賞課

此詩首聯交代時間，頷聯寫人的活動，頸聯寫自然景物的變化，讓人感到天氣漸暖，春天將近的喜悅，尾聯轉而寫詩人想到自己身處異鄉不免悲從中來，於是邀兒子一起借酒消愁。全詩選材典型，情由景生，充滿著濃厚的生活情趣。

3 詩詞故事：「詩聖」杜甫

杜甫因其詩歌針砭（ㄅㄧㄢ）時弊，揭露朝廷的弊政、真實反映百姓的生活困境，而被後世尊稱為「詩聖」。

安史之亂爆發後，杜甫被叛軍所俘，押往長安。不久，平叛軍隊兵臨長安，杜甫趁看守鬆懈逃出，與唐軍會合，後被唐肅宗委以「左拾遺」之職，但沒多久就因為搭救朋友受牽連而被貶華州。沿途看到因戰亂而流離失所的百姓，杜甫感慨不已，由此創作了不朽的史詩──「三吏」（〈新安吏〉、〈石壕吏〉、〈潼關吏〉）和「三別」（〈新婚別〉、〈垂老別〉、〈無家別〉）。

姓名：杜甫
字：子美
生年：712
卒年：770

中國刺繡歷史源遠流長，上可追溯至商周時期，流傳至今發展出蘇繡、蜀繡、湘繡、粵繡等不同種類。

參考答案：A

4 小試牛刀

「岸容待臘將舒柳，山意沖寒欲放梅」中「臘」的意思是（　　）。
A.臘月　　B.臘肉　　C.蠟梅

5 「繡」字飛花令

長安回望繡成堆，山頂千門次第開。──〔唐〕杜牧〈過華清宮絕句三首（其一）〉
內庫燒為錦繡灰，天街踏盡公卿骨。──〔唐〕韋莊〈秦婦吟〉

地球的公轉（ㄓㄨㄢˋ）：四季變換的鑰匙

好奇放大鏡

「天時人事日相催，冬至陽生春又來。」自然時令接踵（ㄓㄨㄥˇ）而至，人間瑣事逐日相催；冬至一到，陽氣初動，春天又快要來了。杜甫在〈小至〉中發出了對冬去春來的無限感慨。你知道季節變換的背後蘊藏著怎樣的奧祕嗎？

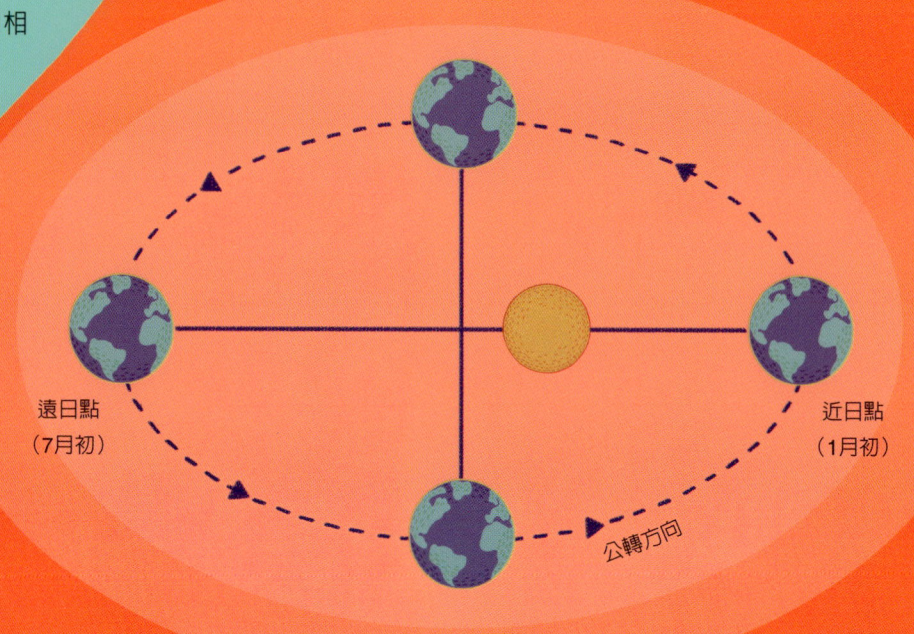

▲ 從北極上空看地球公轉方向

1 地球的公轉

地球公轉，即指地球按一定軌道圍繞著太陽轉動。地球公轉軌道是一個近似正圓的橢圓軌道，平均半徑約為1.5億公里。地球公轉的中心位置不是太陽中心，而是地球和太陽的質心。

地球公轉的方向是自西向東，公轉週期也就是我們說的一年。因為軌道是橢圓的，所以地球在公轉過程中與太陽的距離有遠近變化，離太陽最近的位置稱為「近日點」，一般在冬至日之後，也就是一月初；離太陽最遠的位置稱為「遠日點」，一般在夏至日之後，也就是七月初。

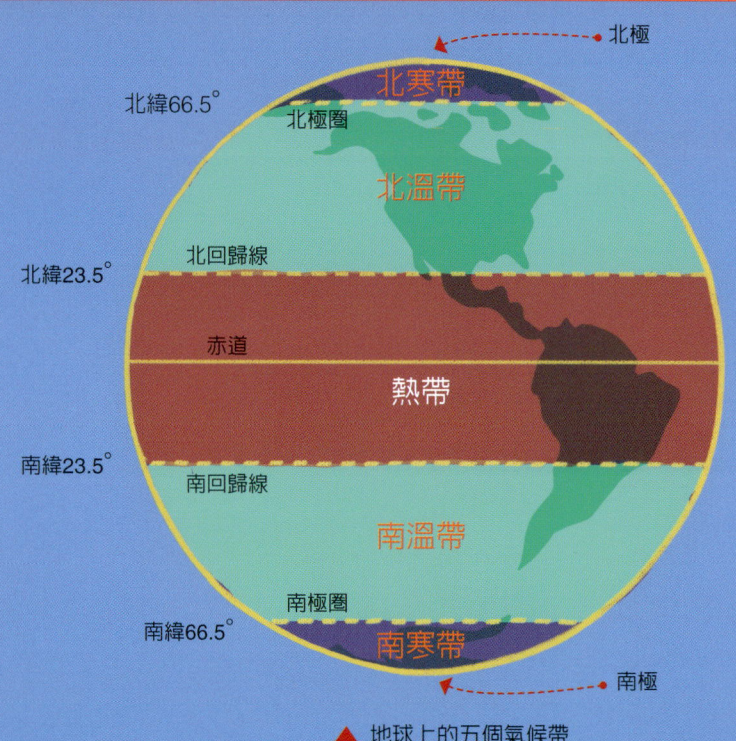

▲ 地球上的五個氣候帶

3 「五個氣候帶」的名片

由於太陽直射點的位置在南北回歸線之間來回移動，地球上各地的熱量分布存在著明顯的差異。人們根據地球表面的熱量差異，將地球表面劃分為五個氣候帶：熱帶、北溫帶、南溫帶、北寒帶、南寒帶。在南北回歸線之間的地區，獲得的太陽光熱是全球最豐富的，所以稱為「熱帶」。在北極圈以北、南極圈以南的地區，得到的太陽熱量少之又少，氣溫也很低，因此稱作「寒帶」。介於熱帶和寒帶之間的，就是溫帶了。

24

❷ 四季的更替

地球的公轉軌道所在的平面叫「黃道面」，地球自轉軌道所在的平面叫「赤道面」。由於黃道面和赤道面存在一定的夾角，所以正午時分太陽直射點的緯度全年都在變化。因此，直射過來的陽光在一年之中會分布在全球的不同區域，這就有了季節的變換。

正午時分太陽直射點的範圍，向北的界限是「北回歸線」（約北緯23.5°），向南的界限是「南回歸線」（約南緯23.5°）。

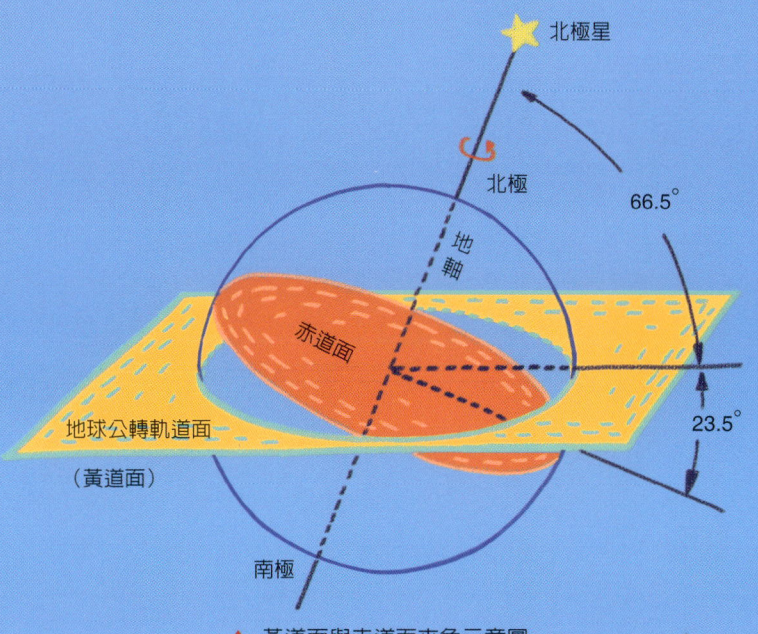

▲ 黃道面與赤道面夾角示意圖

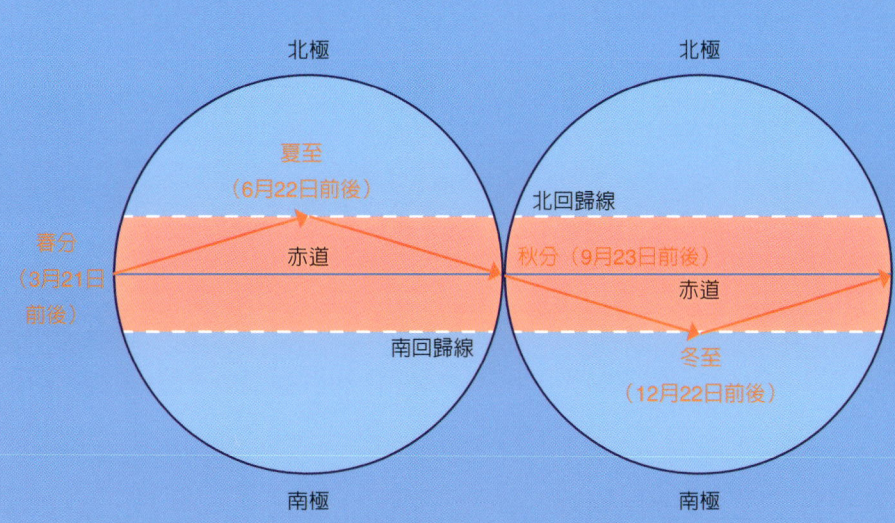

▲ 太陽直射點一年中的變化示意圖

按照傳統，天文學家根據「分點」和「至點」將一年分為四季。所謂「分點」，就是當太陽直射點正好位於赤道的公轉位置，即中國的「春分」、「秋分」：一個出現在每年的3月21日前後，是北半球的「春分」、南半球的「秋分」；一個出現在每年的9月23日前後，是北半球的「秋分」、南半球的「春分」。所謂「至點」，就是太陽直射點正好落在南北回歸線上的時候：一個出現在每年的6月22日前後，一個出現在每年的12月22日前後。即中國的「夏至」、「冬至」。

為什麼太陽直射的時候，地面溫度會更高？

為什麼太陽直射的地方會比斜射的地方熱得多呢？不妨想像一下：一束光打在一個平面上，如果是直射，那麼我們看到的這個光斑就會是一個很亮的正圓；如果是斜射，光斑的面積更大了，但似乎沒那麼亮了。太陽的直射與斜射也是這個道理：直射點的熱量大，溫度高；斜射點的熱量小，溫度低。

25

次北固山下

〔唐〕王灣

客路青山外，行舟綠水前。
潮平兩岸闊，風正一帆懸。
海日生殘夜，江春入舊年。
鄉書何處達？歸雁洛陽邊。

◎ 次：停泊。
◎ 客路：旅途。
◎ 風正：順風。

❶ 這首詩很好懂

旅途經過蒼蒼的北固山下，船兒泛著碧綠的江水向前。潮水上漲，兩岸之間水面開闊，順風行船恰把帆兒高懸。夜色將盡，江上旭日冉冉升起；新年未至，江南已春意乍現。我的家書會被送到什麼地方呢？北去的歸雁，請一定幫我捎回洛陽那邊。

❷ 詩詞鑑賞課

詩人泛舟東行，停船北固山下，見潮平岸闊、殘夜歸雁，心中淡淡的鄉愁不禁油然而生。頸聯「海日生殘夜，江春入舊年」更是被稱為「妙絕千古」的佳句，詩人本無意說理，卻在描繪景物和節令時，蘊含一種自然的理趣。

❸ 詩詞故事：「一詩名揚千古」的王灣

在群星璀（ㄘㄨㄟˇ）璨（ㄘㄢˋ）的唐代詩人中，王灣絕對算得上特別的一個。「詩仙」李白、「詩聖」杜甫等皆因有眾多作品流傳於世而為人熟知，王灣卻僅憑一首詩就能在詩歌史上占據一席之地。這首詩便是〈次北固山下〉。據說開元年間，宰相張說曾親手將「海日生殘夜，江春入舊年」這兩句詩寫於政事堂，讓往來的文人士子學習。

這兩句詩後世評價極高。文學史家稱其「氣象高遠，情景交融」。唐末詩人鄭谷讚曰：「何如海日生殘夜，一句能令萬古傳。」

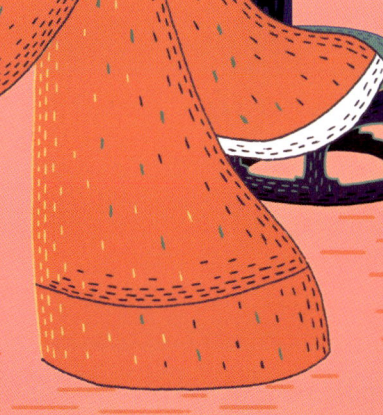

姓名：王灣
字：不詳
生年：不詳
卒年：不詳

❹ 小試牛刀

詩句「鄉書何處達？歸雁洛陽邊」中「鄉書」的意思是（　　）。
A.描寫詩人家鄉的書
B.家信
C.同鄉寫的書

> 北固山位於今江蘇省鎮江市東北江濱。因其主峰三面臨江，凌空而立，形勢險固，故稱「北固」。相傳，梁武帝曾登山頂，北覽長江壯麗景色，因此又稱「北顧山」。

❺ 「山」字飛花令

我見青山多嫵媚，料青山見我應如是。──〔宋〕辛棄疾〈賀新郎‧甚矣吾衰矣〉
大漠沙如雪，燕山月似鉤。──〔唐〕李賀〈馬詩二十三首〉（其五）
人閑桂花落，夜靜春山空。──〔唐〕王維〈鳥鳴澗〉

參考答案：B

好奇放大鏡

地球的自轉（ㄓㄨㄢˋ）：晝夜更替的祕密

「海日生殘夜，江春入舊年。」夜幕還未褪盡，旭日已經從江面上冉冉升起。我們每天都經歷著晝夜更替，見證著日月星辰的升落。這些我們已經習以為常的現象背後，究竟是由什麼樣的力量在推動著？這其實要歸功於——地球的自轉。

❶ 地球的自轉

地球好像一個陀螺，它繞著自轉軸不停地轉動，每轉一周需要的時間約為23小時56分4秒，這就是地球自轉。

自轉的方向是自西向東。從北極上空看，整個地球是呈逆時針方向旋轉的；從南極上空看，整個地球是呈順時針方向旋轉的。

▲ 地球的自轉方向

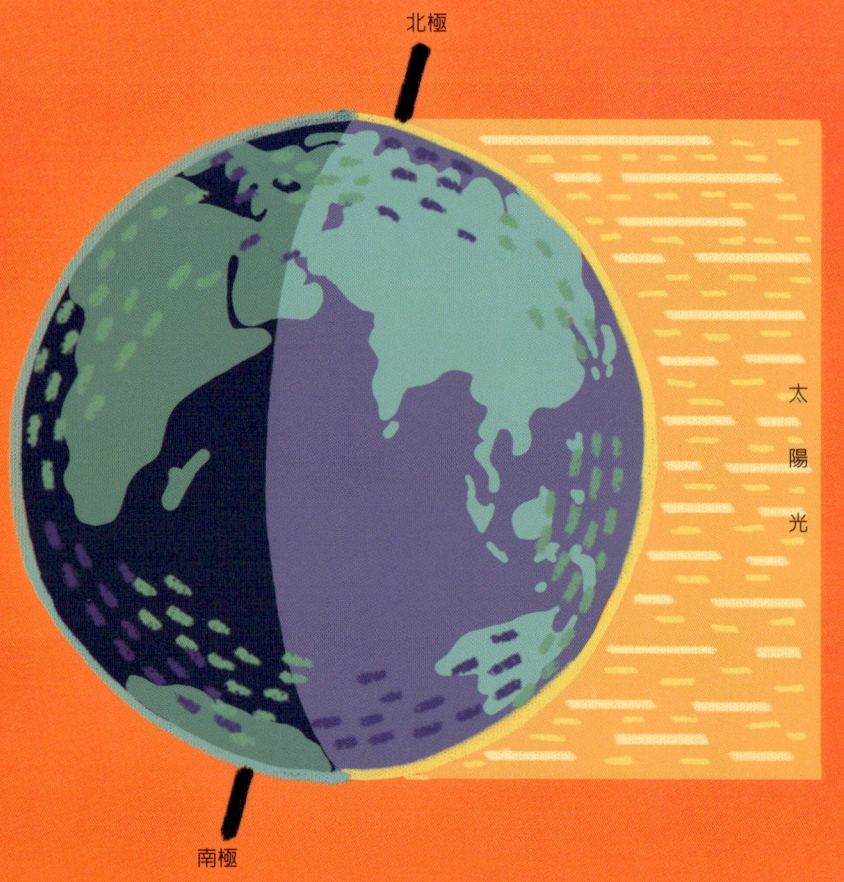

▲ 地球自轉產生晝夜交替

❷ 晝夜的交替

你可能會問，地球的自轉對我們的生活到底產生了怎樣的影響呢？實際上我們每天觀察到的晝夜更替，就是地球自轉的結果。對於地球而言，朝著太陽的一面進入白晝，背著太陽的一面則進入夜晚。當中國大部分地區是白天的時候，處在地球另一邊的美國、加拿大等地正處於夜晚。也正是由於地球自轉的方向是自西向東，所以我們看到的朗日皓月，永遠都是從東方升起，由西方落下。

3 「時區」的祕密

在我們剛吃過晚飯的時候，美國的天空才剛濛濛亮；當我們已經安然入眠的時候，美國的朋友們卻正在沐浴正午的陽光。所以，在同樣一個瞬間，地球上每個地方所經歷的「時刻」其實是不一樣的。這樣，「時區」的概念就應運而生了。

人們將經過0°經線——倫敦格林威治天文臺的地方時間作為「標準時間」，然後再從0°經線開始向兩邊劃出24個時區，同一個時區內的國家用同一個「區時」，相鄰兩個時區的「區時」相差一個小時。

但是，由於最早的0°經線把一些國家分成了兩半，這樣這些國家就很不方便，於是人們在此基礎上定下了一條「國際換日線」，這條線沒有穿過任何國家。凡是越過這條線，日期就要發生變化：從東向西越過這條線時，日期要加一天；從西向東越過這條線時，日期要減一天。

為什麼北半球的漩渦逆時針轉，南半球的漩渦順時針轉？

也許你會注意到，家裡的馬桶或洗臉臺在排水的時候會形成一股漩渦。如果你有機會去到南半球的國家旅行，你會發現那裡的漩渦旋轉方向和我們這裡是相反的。這是地球自轉偏向力在「作怪」。因為地球是在不停旋轉的，地面上的物體受到慣性作用，也會有朝著地球轉動方向運動的趨勢（即地球自轉偏向力的作用）。這種作用的方向，在北半球向右，在南半球向左，所以南北半球形成的漩渦方向是相反的。

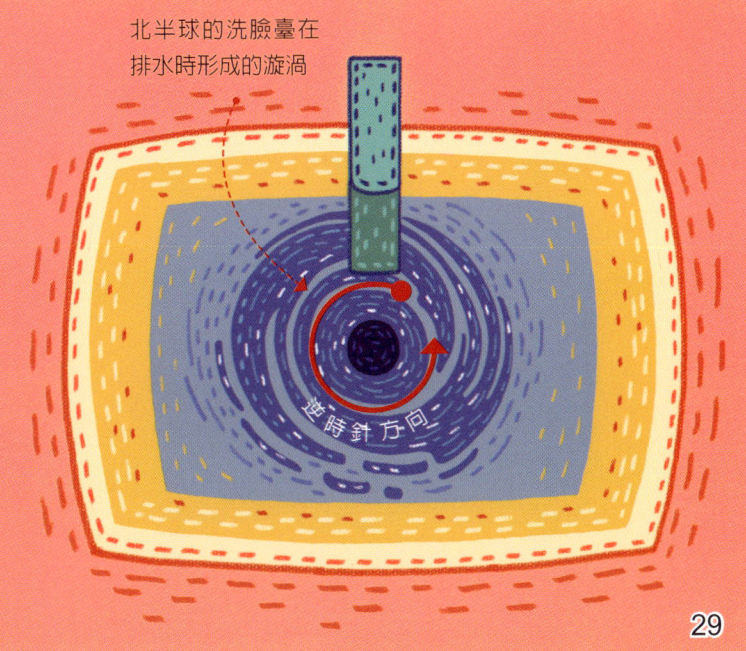

北半球的洗臉臺在排水時形成的漩渦

逆時針方向

小池

〔宋〕楊萬里

泉眼無聲惜細流，
樹陰照水愛晴柔。
小荷才露尖尖角，
早有蜻蜓立上頭。

◎ 惜：愛惜，捨不得。
◎ 照水：倒映在水面。
◎ 晴柔：晴天柔和的風光。

❶ 這首詩很好懂

泉水無聲地湧出，就像是泉眼捨不得細細的水流。樹蔭映在池水裡，是因為喜愛晴天裡柔和的風光。小小的荷葉剛露出尖尖的角，早就有蜻蜓立在了葉尖上面。

❷ 詩詞鑑賞課

本詩首句寫泉小流細，卻用「惜」將之擬人化。次句寫樹蔭倒映水面，卻以「愛」將之動態化。三句「尖尖」，點染荷葉初萌之態。尾句以蜻蜓立足荷尖，讓畫面搖曳生姿。在作者充滿愛意與新意的目光下，清新而怡人的池塘風光一覽無餘。

❸ 詩詞故事：楊萬里與「誠齋體」

　　楊萬里的父親楊芾（ㄈㄨˊ）痴迷書籍，為了買書不惜忍飢挨餓，十年間就買了幾千卷的書。在父親的影響下，楊萬里很小就讀了許多書，學識廣博。據傳楊萬里一生作詩兩萬餘首，流傳於世的就有四千二百首，被後人稱作「一代詩宗」。他的詩歌語言淺顯易懂，自然清新，饒有諧趣，時人號為「誠齋體」。淳熙十二年（1185年），宰相王淮曾以「宰相何事最急先務」相問，楊萬里以「人才最急先務」作答，並舉薦朱熹等六十人。同年，宋孝宗將其升為東宮侍讀，太子趙惇（ㄉㄨㄣ）親題「誠齋」二字相贈。

❹ 小試牛刀

詩中「小荷才露尖尖角，早有蜻蜓立上頭」描寫了（　　）的景色。
A.初春　　B.初夏　　C.盛夏

❺ 「蜻蜓」飛花令

行到中庭數花朵，蜻蜓飛上玉搔頭。——〔唐〕劉禹錫〈和樂天春詞〉
日長籬落無人過，惟有蜻蜓蛺蝶飛。——〔宋〕范成大〈四時田園雜興〉（其二十五）

姓名：楊萬里
字：廷秀
生年：1127
卒年：1206

蜻蜓點水其實是在水中產卵。

卵在水中孵化成蜻蜓幼蟲。

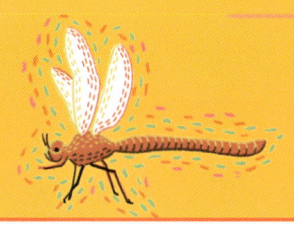

幼蟲在水裡生活兩年左右，再經過十多次蛻（ㄊㄨㄟˋ）皮之後才能變成蜻蜓成蟲。

地下水：埋藏在地下的流動「寶藏」

好奇放大鏡

「泉眼無聲惜細流，樹陰照水愛晴柔。」宋代詩人楊萬里在〈小池〉中為我們描繪出了一幅水光瀲灩（ㄌㄧㄢˋㄧㄢˋ）的畫面：泉水悄然無聲地流淌，因為難捨細細的溪流。樹陰倒映在水面上，因為喜歡晴天柔和的風光。當你讀詩或看到類似畫面時，你可否想過，這泉眼裡冒出來的水究竟從何而來呢？

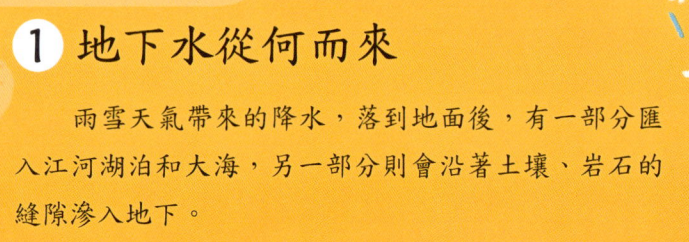

❶ 地下水從何而來

雨雪天氣帶來的降水，落到地面後，有一部分匯入江河湖泊和大海，另一部分則會沿著土壤、岩石的縫隙滲入地下。

那些從土壤、岩石縫隙中下滲的水就是地下水。地下水會沿著岩石裂縫傾斜的方向流動，當它遇到阻礙的時候就會產生壓力，在這些壓力的作用下，有些地下水就會湧出地面，形成泉水。

井水為什麼會冬暖夏涼呢？

古時候，井水是人們生活中的重要水源。井水有一個很重要的特點——冬暖夏涼。寒冷的冬天，人們從井裡打出來的水是溫的；而炎熱的夏天，人們反而感覺井水是冰涼的。這是因為地殼就像一個巨型保溫杯，它透過阻礙熱量的傳遞來調節地下水的溫度。夏天，地殼阻攔了太陽光，只有很少的熱量能夠傳遞下去，所以打上來的井水相對比地表上的河流、湖泊水溫要低；冬天，地殼阻攔了地下水的散熱，使得地下水的熱量沒有過多地流失，所以從井裡打出來的水就感覺比地面溫度更溫暖。井水的冬暖夏涼其實也只是相對於同季節的地表水而言。事實上，井水冬季的溫度會比夏季的還要低幾度呢。

❷ 流動的「寶藏」

　　由於地殼的保護，地下水相對來說不易受到汙染。所以從古至今，人們都將地下水作為主要生活用水之一。古時候，井水和泉水是人們日常使用得最多的地下水。

　　近年來，人們對地下水的開採趨於頻繁，同時，不當的人類活動也會導致地下水受到汙染。地下水的汙染具有過程緩慢、不易發現、難以治理的特點，所以一旦受到汙染，往往需要花費十幾年甚至幾十年才能使水質復原。

❸ 恐怖的地層下陷

　　如果長期過量開採地下水，那麼就會導致嚴重的後果——地層下陷。想像一下：如果把城市下方的地下水給抽走了，那麼隨著地面的承壓能力變弱，整座城市就會一點點地塌陷。塌陷的過程慢，不易被人察覺，但是其帶來的後果是非常可怕的：如地面裂開、高樓倒塌、海水倒灌等。所以，合理支配和使用地下水就變得十分重要了。

工業排放

開採地下水　　汙染地下水　　地下水被抽走，地層下陷

望廬山瀑布

〔唐〕李白

日照香爐生紫煙，
遙看瀑布掛前川。
飛流直下三千尺，
疑是銀河落九天。

◎ 香爐：指廬山香爐峰。
◎ 川：河流，這裡指瀑布。
◎ 三千尺：虛指，形容山高。

1 這首詩很好懂

在陽光的照射下，香爐峰騰起紫色煙霞，遠遠看去瀑布就像一條長河掛在山前。流水從高高的山頂傾瀉而下，就像是銀河從天上傾落到了人間。

2 詩詞鑑賞課

本詩描寫了廬山瀑布傾瀉而下的壯觀場景。「掛」、「下」、「落」這三個動詞，分別從不同角度表現出瀑布的雄偉瑰麗。

3 詩詞故事：流浪詩人李白

李白的出生地，頗有爭議，大致有蜀中、條支、焉耆碎葉、中亞碎葉四種說法。五歲時，李白隨從商的父親舉家遷徙來到四川，並在那裡長大。

十五歲時，李白已創作詩賦數首，在詩壇上小有名氣。後來，李白崇尚隱逸，非常羨慕那些雲遊四海、自由自在的仙人。二十四歲時，李白背上行囊，開始了他的遊歷生涯。沒過幾年，李白又前往長安闖蕩，卻屢屢碰壁，只得再度遊歷江湖。十幾年後，在賀知章的引薦下，李白終於被任命為翰林院學士，但因恃才傲物得罪了權貴，被趕出京城。安史之亂後，李白一路南下，在安徽、江蘇、浙江、江西一帶輾轉流離，成為最負盛名的流浪詩人。

姓名：李白
字：太白
生年：701
卒年：762

4 小試牛刀

連一連。

詩仙　　李賀
詩鬼　　杜甫
詩聖　　李白

5 「日」字飛花令

鋤禾日當午，汗滴禾下土。
　　　　——〔唐〕李紳〈憫農（其二）〉
朝辭白帝彩雲間，千里江陵一日還。
　　　　——〔唐〕李白〈早發白帝城〉

彩虹每種顏色的光波由於波長和折射率不同，各有特定的彎曲角度。加上地球表面的大氣層為一弧面，從而導致了陽光在水滴表面經過折射和反射，形成了我們所見到的弧形彩虹。

答案參考：詩仙—李白　詩鬼—李賀　詩聖—杜甫

好奇放大鏡

瀑布：跌落九天的「銀河」

「飛流直下三千尺，疑是銀河落九天。」在李白看來，瀑布就像是一條從九天之外跌落的「銀河」。一條河流翻過一段懸崖峭壁，就形成了一條瀑布。那麼，瀑布究竟有多少祕密值得我們探尋呢？

1 瀑布形成的「密碼」

總而言之，瀑布形成的原因主要分為內力作用和外力作用兩種。

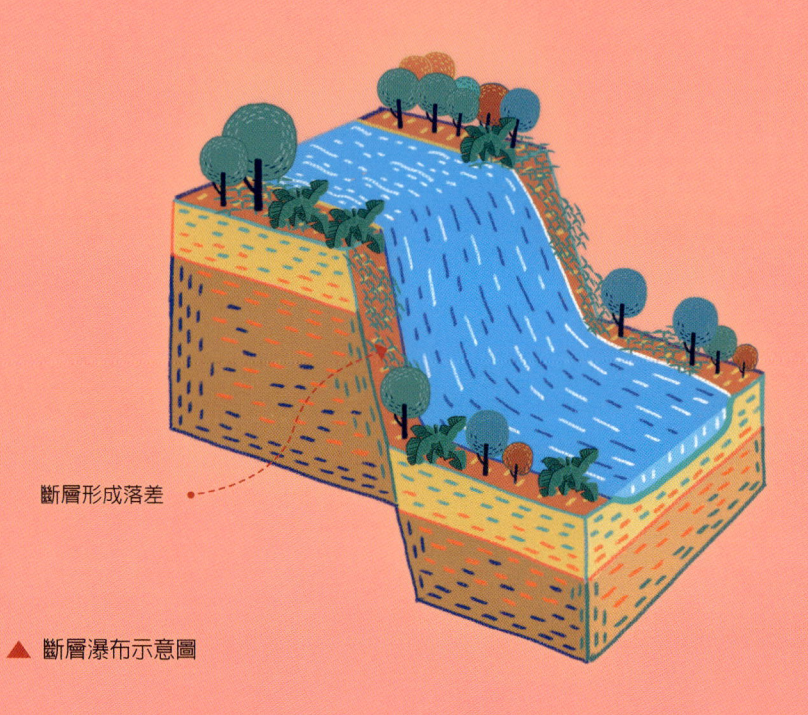

斷層線

斷層形成落差

▲ 斷層瀑布示意圖

在某些地方，地面發生了斷層，一條河流所在的地面斷裂成了兩部分，一面抬升一面下降，落差越來越大，最後就形成了瀑布。

火山活動有時也會形成瀑布，例如：一大塊在火山活動中熔化了的岩石從地底下冒上來，擠到了河床中間，在硬化之後就在河道裡形成了一道「牆」。時間久了，「牆」的兩邊高度不一樣了，瀑布也就自然形成了。

地表抬升形成臺地或者高山，這個時候如果有河流經過的話，也會形成瀑布。

◀ 高山瀑布示意圖

硬岩石

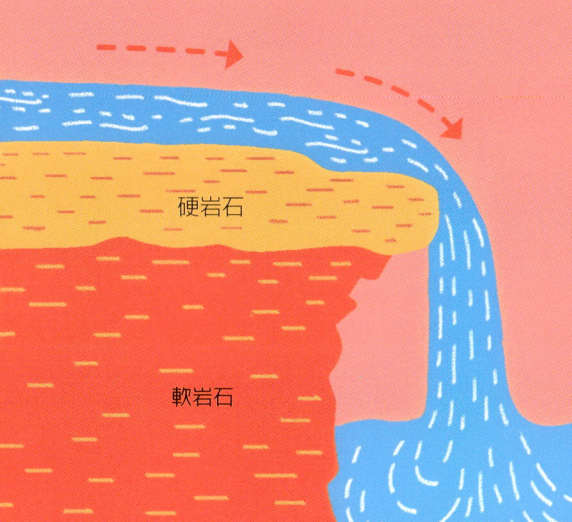

軟岩石

由於河床軟硬度不均勻，較鬆軟的岩石容易被水侵蝕，導致地勢落差變大，為瀑布的形成提供了條件。瀑布形成之後，水流不斷沖刷著崖壁，崖壁下部較鬆軟的岩石被逐漸掏空，使上部較堅硬的岩石失去支撐，最終導致瀑布向上游後退。在漫長的時間裡，這一過程不斷重複，瀑布最終會消失。

雖然所有的瀑布最終都會消亡，但瀑布這種壯麗的景觀並不會從地球上銷聲匿跡。地球持續不斷的地質運動，會讓新的高山、臺地隆起，底層斷位和錯位，新的瀑布也會不斷誕生。

❷ 世界瀑布之最

世界上的瀑布形態各不相同，有垂簾形，有細長形……各具魅力。委內瑞拉的安赫爾瀑布，屬於細長形瀑布，是世界上落差最大的瀑布。它從陡峭的崖壁上凌空飛瀉，落差達979公尺。位於加拿大和美國邊境的尼加拉大瀑布，水流量排名世界第一。位於阿根廷與巴西邊界上的伊瓜蘇大瀑布，是世界上最寬的瀑布，寬約4000公尺。在瀑布較為集中的地方會形成「瀑布群」，中國貴州的黃果樹瀑布群就是世界上最大的瀑布群。

「水滴石穿」的力量是從哪來的？

「水滴石穿，繩鋸木斷。」看起來柔弱軟綿的水，卻能夠瓦解堅硬無比的岩石。這種力量從何而來呢？究其原因，其一是由於水滴撞擊岩石，反彈時會在水與岩石的接觸面上產生空泡效應，這些空泡破裂撞擊岩石造成「損傷」，日積月累，就會擊穿岩石啦！

月蝕

〔宋〕梅堯臣

有婢上堂來，白我事可驚。
天如青玻璃，月若黑水精。
時當十分圓，只見一寸明。
主婦煎餅去，小兒敲鏡聲。
此雖淺近意，乃重補救情。
夜深桂兔出，眾星隨西傾。

◎ 婢：婢女。
◎ 桂兔：月亮。傳說月中有桂樹、玉兔，故稱。

1 這首詩很好懂

婢女上堂來告訴我一件驚異的事：天就像是青色的玻璃，月亮如黑色的水晶。我出門望去，見一輪圓月藏在烏雲間，只透出一寸大小的光亮。主婦們紛紛去做煎餅，孩子們敲起了銅鏡，想要以此阻止「天狗食月」。這樣的行為雖幼稚，但他們補救月亮的願望卻十分可貴。到了深夜，一輪明月從烏雲中鑽出，星星們隨它一路向西斜。

2 詩詞鑑賞課

詩人用通俗的筆法記錄了當時人們看到月食這種奇異天象的惶恐心理。全詩不事雕琢，語言樸實，是難得的現實主義佳作。

姓名：梅堯臣
字：聖俞
生年：1002
卒年：1060

❸ 詩詞故事：宋詩「開山祖師」梅堯臣

梅堯臣是北宋詩人，他主張詩歌創作應平淡自然，並以此推動了宋詩的風格革新，被後世譽為宋詩的「開山祖師」。不過，梅堯臣的仕途卻並不順利，自幼讀書刻苦的他屢次科舉失利，大半生都只是個基層小吏。直到五十歲那年，宋仁宗聽說了他的才名，授予他太常博士之職。

梅堯臣為人誠懇，能體察百姓艱辛，經常深入鄉間微服私訪，與農夫、工匠們談心。遇到洪澇（ㄌㄠˋ）、火災時，他往往第一時間趕往現場查看。他出任浙江建德縣縣令時，衙門周邊的竹籬笆經常需要維護，小吏們以此向百姓勒索財物。梅堯臣得知後，將竹籬笆換成了土牆，澈底斷絕了這股不正之風。

❹ 小試牛刀

詩句「主婦煎餅去，小兒敲鏡聲」中主婦煎餅、小兒敲鏡的目的是（　　）。
A.參與祭祀　　B.娛樂活動　　C.阻止「天狗食月」

❺ 「圓」字飛花令

大漠孤煙直，長河落日圓。
　　　　——〔唐〕王維〈使至塞上〉

不應有恨，何事長向別時圓？
　　　　——〔宋〕蘇軾〈水調歌頭・明月幾時有〉

參考答案：C

月食：「天狗」的「傑作」

好奇放大鏡

梅堯臣在〈月蝕〉中生動地描繪了月食這種奇特的天文現象：從「時當十分圓，只見一寸明」到「夜深桂兔出，眾星隨西傾」，短短的時間內，月亮經歷了從完整到殘缺、再重歸於圓的過程。那麼，月食究竟是怎麼回事呢？

❶ 是誰「吃掉」了月亮

月亮真的是被天狗「吃掉」的嗎？其實不然！當月球繞到地球背對太陽的一側，它的一部分會被地球的影子遮住，所以在我們看來月亮就像缺失了一塊。

月食分為「月全食」「月偏食」和「半影月食」。在月全食的過程中，有一段時間整個月球都會進入地球的影子裡；而在月偏食的過程中，月亮只被地球的影子遮住了一部分。

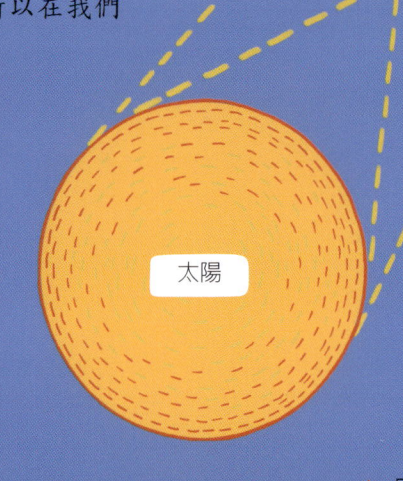

（圖示標註：半影區、半影區、本影區、月球軌道、地球軌道、太陽）

▲ 月全食過程中，月球進入地球影子的區域

什麼是本影？什麼是半影？

其實，像太陽、燈泡等我們用於照明的光源，發出的光線都是發散的，它們被稱作「點光源」。比較大的點光源發出的不平行光線照射在物體上，影子就會分成「半影」和「本影」兩個部分，完全不透光的部分叫「本影」，亮度較弱但並不完全黑的部分叫「半影」。一個最簡單的例子就是，燈光下，如果你用手逼近牆面，就會在牆壁上看到手掌的本影，黑且不透光；當你的手逐漸遠離牆面，手影變得越來越弱且沒那麼黑了，這就是半影。月食開始的時候，月亮先變得黯淡，再出現缺口，也是因為月亮總是先走進地球的「半影」，再走進地球的「本影」。

（圖示標註：手掌的本影、手漸漸遠離牆面、本影周圍有半影）

▲ 本影與半影示意圖

❷ 月全食的「慢動作」

一次完整的月全食，需要經歷以下五個階段：「初虧」「食既」「食甚」「生光」「復圓」。

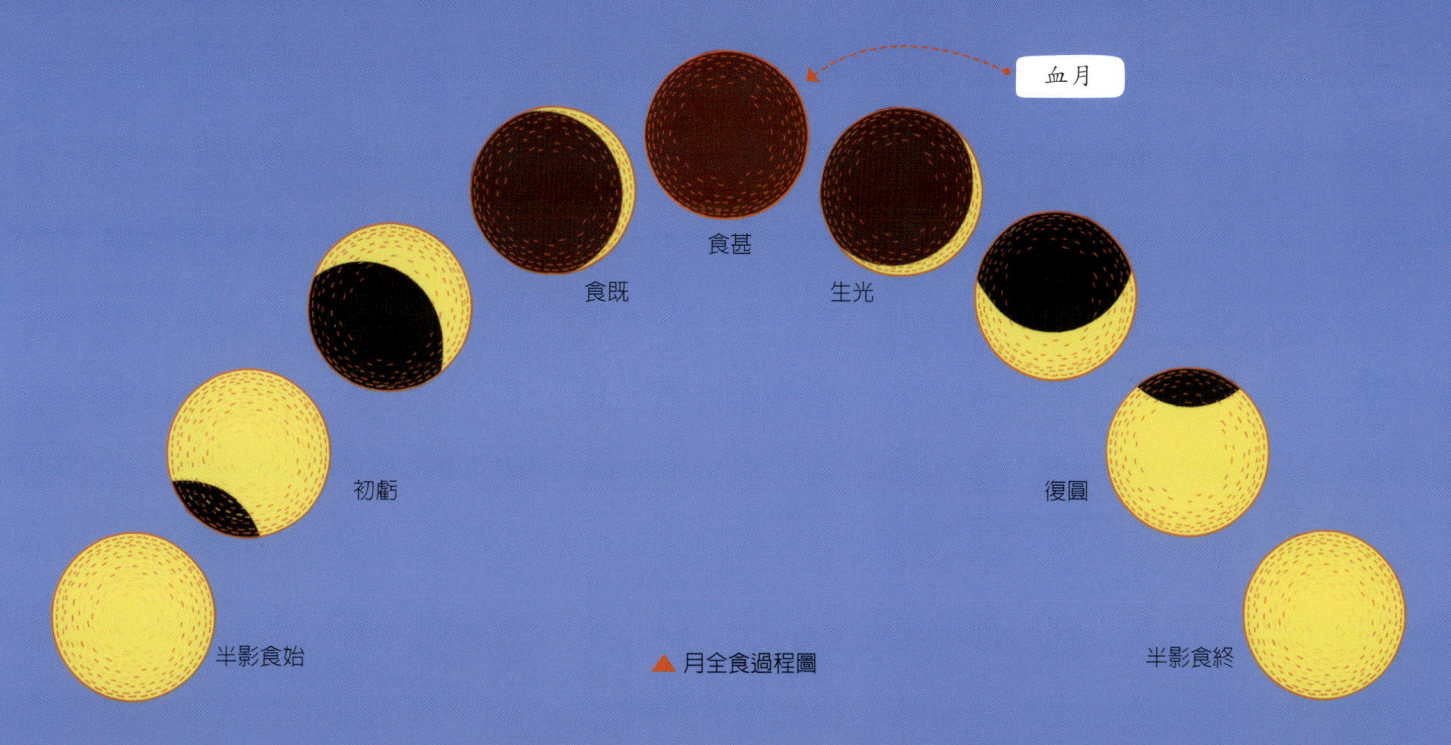

血月

食既　食甚　生光

初虧　　　　　　　　　復圓

半影食始　　　▲ 月全食過程圖　　　半影食終

　　地球的影子有兩部分，全暗的部分叫作本影，半明半暗的部分叫作半影。月全食發生伊始，月亮的左下方會開始發灰。到了初虧的時候，我們會看到月球的左下方開始出現缺口。當月球全部進入地球的本影裡面，便是「食既」。當月亮的中心與地球本影的中心最接近時，就是「食甚」。這也是整個月全食期間月球表面最黯淡的時刻，月亮呈現深深的暗紅色。月亮從地球本影冒出的剎那間進入「生光」階段，月亮的下方開始出現光亮。此時，月全食便開始走向尾聲，直到「復圓」。

❸ 「超級月亮」和「血月」

　　由於月球繞行地球的軌道是橢圓形的，所以月球距離地球也時遠時近。新月和滿月時，月亮剛好位於近地點，我們在地球上看到的月亮也會比平時大。不過，由於新月時，月亮以它黑暗的一面對著地球，且和太陽同升同落，人們無法看到，所以「超級月亮」一般指的是超級滿月。

　　所謂「血月」，其實就是月全食中進入食甚階段的月亮。這時，雖然照向月亮的太陽光被地球擋住了，但紅色光可以穿過大氣層照射進來，大氣層將紅色光折射到月球表面上，所以在我們看來月亮變紅了。

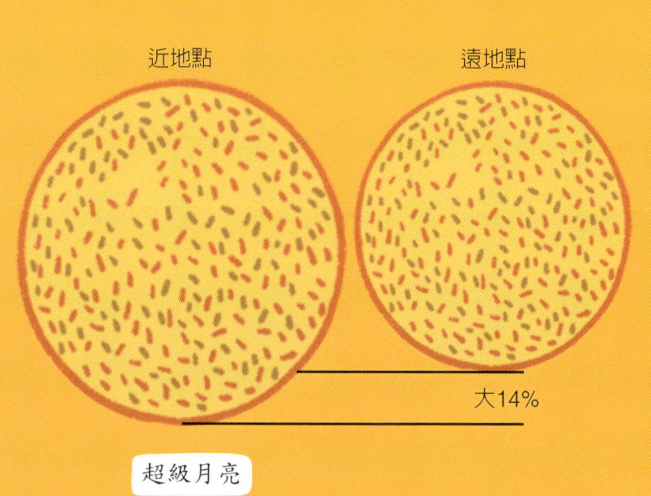

近地點　　遠地點

大 14%

超級月亮

41

長歌行

漢樂府

青青園中葵,朝露待日晞。
陽春布德澤,萬物生光輝。
常恐秋節至,焜黃華葉衰。
百川東到海,何時復西歸?
少壯不努力,老大徒傷悲。

◎ 晞:天亮,引申為陽光照耀。
◎ 布:布施,給予。
◎ 焜黃:形容草木凋零、枯黃的樣子。

① 這首詩很好懂

園中的葵菜綠油油的，露水等太陽出來就會被晒乾。溫暖的春天布施著陽光和雨露，使得萬物生機勃勃。常常擔心秋天到來，花兒會凋謝，枝葉會枯萎。百川都是滾滾東流，匯入大海，什麼時候江水能回頭往西流呢？人不趁年少的時候好好努力，老了就會後悔，只能徒然悲嘆！

② 詩詞鑑賞課

全詩以「青葵春生秋衰，流水東逝不歸」作比，生動地闡明「時光不再，青春難返」的道理，自然引出下文「少壯怠惰，年老徒然傷悲」的勸告。用語樸素形象，勸誡情深意長，讀來令人警醒。

③ 詩詞故事：葵菜

中國的葵菜種植史可以追溯到遠古時期。《黃帝內經》將其列為五菜之首。因四季都能生長，且口感嫩滑，在相當長的時間裡，葵菜都是百姓餐桌上的主流菜品。唐朝詩人們不僅喜吃葵菜，還爭相為它「代言」。李白寫下「野酌勸芳酒，園蔬烹露葵」之句，杜甫親自為葵菜除草，白居易也是種了一園子的葵菜。

④ 小試牛刀

勸說年輕人珍惜時間，認真學習和工作，常用到本詩中的「＿＿＿＿＿＿＿＿＿＿」之句。

⑤ 「春」字飛花令

春眠不覺曉，處處聞啼鳥。
　　　　　——〔唐〕孟浩然〈春曉〉

羌笛何須怨楊柳，春風不度玉門關。
　　　　　——〔唐〕王之渙〈涼州詞二首〉(其一)

古詩今讀：最好生活的，是努力的你

「春」的意象，多是美好的、向上的，古今中外皆然。按氣象學劃分，北半球的春季為國曆三月至五月。但英國詩人艾略特偏偏說「四月是最殘忍的月分」。

水循環：地上的雨水都去哪兒了？

好奇放大鏡

「百川東到海，何時復西歸？」滔滔江水奔湧著東入大海，什麼時候見過它們西歸呢？這些奔湧向海洋的江水真的可以西歸嗎？答案是肯定的。不過，這需要依靠一種大自然的神祕機制——水循環。

1 什麼是水循環

所謂「水循環」，其實是一個宏大的工程：地球上各種狀態的水，在地球引力、太陽輻射等各種作用的影響下，不斷地變化著自己的形態，並且進行著周而復始的運動。在這場循環歷程中，水可能會以各種各樣的形式穿越水圈、大氣圈、岩石圈、生物圈，透過植物蒸散、水氣輸送、降水、入滲、逕流等環節進行連續的運動。

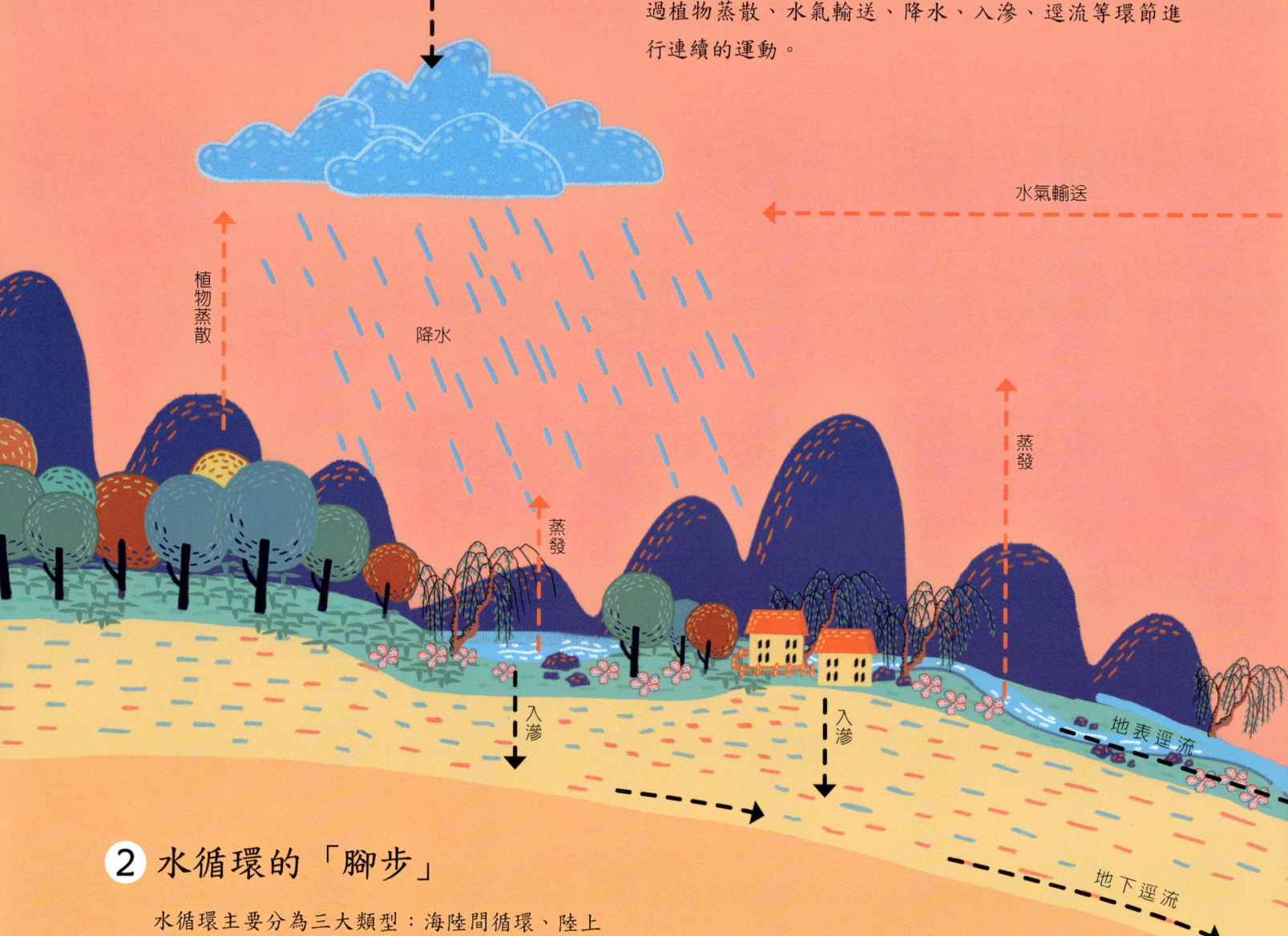

凝結　植物蒸散　降水　蒸發　水氣輸送　蒸發　入滲　入滲　地表逕流　地下逕流

2 水循環的「腳步」

水循環主要分為三大類型：海陸間循環、陸上內循環、海上內循環。

三種循環類型中，要數海陸間的循環最為壯闊了。從海洋蒸發的水氣升入空中，被氣流輸送到世界各地，在一定的條件下這些水氣又凝結成了雨雪。雨雪從空中落下，就是地表降水。這些落在地表的降水，一部分蒸發到天空中；一部分補給到江河湖泊中；還有一部分會滲透到地下去，匯聚成地下水，或者被植物吸收蒸散，或者透過地下逕流匯入海洋。

③ 人類對水循環的影響

水循環的過程也會受到人類活動的影響，例如：人們可以將富水地區的水資源透過建渠等方式調到缺水地區，即跨流域調水。為了防洪抗災，人們修建了各種堤壩、水庫。當某一地區的降水特別缺乏時，人們可以採用人工降雨——用飛機向雲中播撒乾冰、鹽粉等催化劑，促使雲層中的水滴凝結，從而製造降水。當然，人類一些不太好的行為，如過度砍伐森林等，會影響到水的滲透，進而對整個水循環造成不利影響。

降水

蒸發

海洋

地球是個「水球」，為什麼還缺水？

地表70%左右的面積都是海洋，為什麼我們還是缺水呢？地球上的海水雖然很豐富，但是海水中許多成分的濃度太高，並不適合人們飲用，在人類生產生活中能夠發揮的作用很有限。所以我們所缺的水，其實是淡水。實際上，全世界的淡水資源僅占總水量的2.5%，其中70%以上又被凍結在南極和北極的冰層中。人類真正能夠利用的淡水資源少之又少！加上人類對於自然環境的不合理開發利用，許多水資源已經遭到嚴重的汙染，這樣一來我們能夠利用的淡水資源就更少了。

45

早發白帝城

〔唐〕李白

朝辭白帝彩雲間，
千里江陵一日還。
兩岸猿聲啼不住，
輕舟已過萬重山。

◎ 辭：告別。
◎ 住：停止、停息。

❶ 這首詩很好懂

　　清晨，離開彩雲繚（ㄌㄧㄠˊ）繞的白帝城，只用一天就能回到千里外的江陵。兩岸猿猴的啼叫聲連成了一片，輕快的小船已駛過了千萬重山。

❷ 詩詞鑑賞課

　　本詩描寫了詩人坐船順長江而下的情景。前一座山上的猿啼還在耳畔迴響，下一座山上的猿啼已然傳來。全詩激情奔湧，氣勢凌厲，是情景交融的妙筆傑作。

3 詩詞故事：白帝城

　　白帝城原名子陽城，在今重慶奉節東白帝山上。西漢末年，王莽篡位，他的部將公孫述駐守四川，眼見天下大亂，便有了自立為王的野心。公孫述騎馬來到長江瞿（ㄑㄩ）塘峽峽口，看到這裡地勢險要，易守難攻，就下令擴建城池，屯兵駐守。後來，他聽說城中有口白鶴井，井口常年冒出一股白氣，就像一條白龍直衝雲霄。公孫述便對外宣稱，這是「白龍出井」，隨後他便以此為都城，自稱「白帝」，子陽城也被改名為「白帝城」。在白帝城發生的大事，最著名的莫過於劉備「白帝城託孤」。唐宋時，李白、杜甫、白居易、蘇軾、陸游等人無不在此登高望遠，留下詩篇。故而白帝城又有「詩城」之美譽。

4 小試牛刀

〈早發白帝城〉第一、二句寫了詩人從＿＿＿＿乘船一日到達＿＿＿＿，第三、四句回憶了＿＿＿＿的壯麗景色，表達了詩人＿＿＿＿的心情。

> 《唐詩三百首》中，舟船類詞彙出現了60次之多。李白詩作中「輕舟」、「明月」、「酒」的意象組合，多自由灑脫，其他作品則有悲嘆、失落等情緒流露。

5 「舟」字飛花令

李白乘舟將欲行，忽聞岸上踏歌聲。──〔唐〕李白〈贈汪倫〉
君看一葉舟，出沒風波裡。──〔宋〕范仲淹〈江上漁者〉

三峽：水力的天然寶庫

好奇放大鏡

兩岸的猿啼還在山谷中一聲聲地迴盪，小舟已經在不知不覺中穿過千萬重山巒（ㄇㄢˊ）。詩仙李白乘著一葉扁舟，從白帝城出發前往江陵，三峽是必經之路。關於三峽這座水力寶庫，你知道多少呢？

1 瑰麗的山水畫卷

在距今約4000萬年的喜馬拉雅造山運動影響下，中國的西部地區被抬升起來，造就了西高東低的地勢。從唐古拉山脈洶湧奔來的長江就像一把鋒利的刀刃，自西向東穿越重慶，將迎面而來的巫山、齊岳山等山脈橫空劈開，於是就有了我們現在所看到的瑰麗無比的「長江三峽」。它全長193公里，由瞿塘峽、巫峽、西陵峽組成。

瞿塘峽「雄」，兩岸山勢高峻，懸崖峭壁赫然挺立。巫峽「秀」，整個峽區奇峰突兀（ㄨˋ），怪石嶙峋（ㄌㄧㄣˊ ㄒㄩㄣˊ），宛如一條迂迴曲折的長廊，充滿詩情畫意。西陵峽「險」，航道曲折、灘多水急，行舟其中驚險萬分。

2 水力的妙用

長江在三峽地區流經高山峽谷，落差大，水力豐富。早在兩千多年前，人們就開始利用水驅動簡單機械來代替繁重的體力勞動，例如：用於鼓風冶鐵的水排，用於舂（ㄔㄨㄥ）米的水碓（ㄉㄨㄟˋ），用於灌溉的水車等。

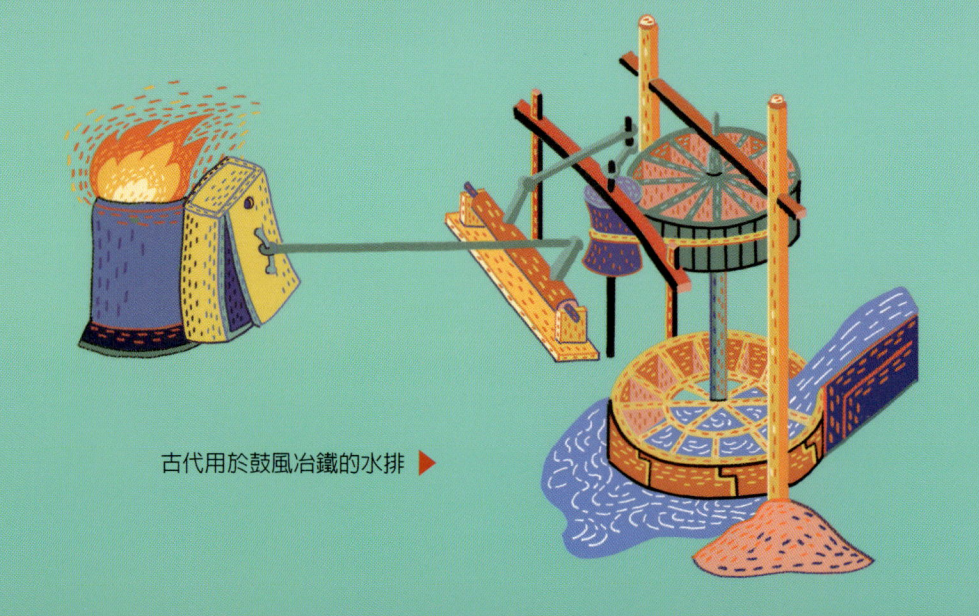

▶ 古代用於鼓風冶鐵的水排

天然水流蘊藏著巨大的能量。興建水力發電廠可以把水的巨大能量轉化成電能，是水力利用的主要形式之一。三峽大壩——當今世界上最大的水利水電工程，坐落於古人曾經通行的主要航道上，如今已成為中國西南地區的電力「心臟」之一。2020年，三峽大壩年發電量達1118億千瓦時，這個數字大概相當於十餘座大型火力發電廠的發電量總和呢！值得一提的是，三峽大壩的首要功能是防洪。

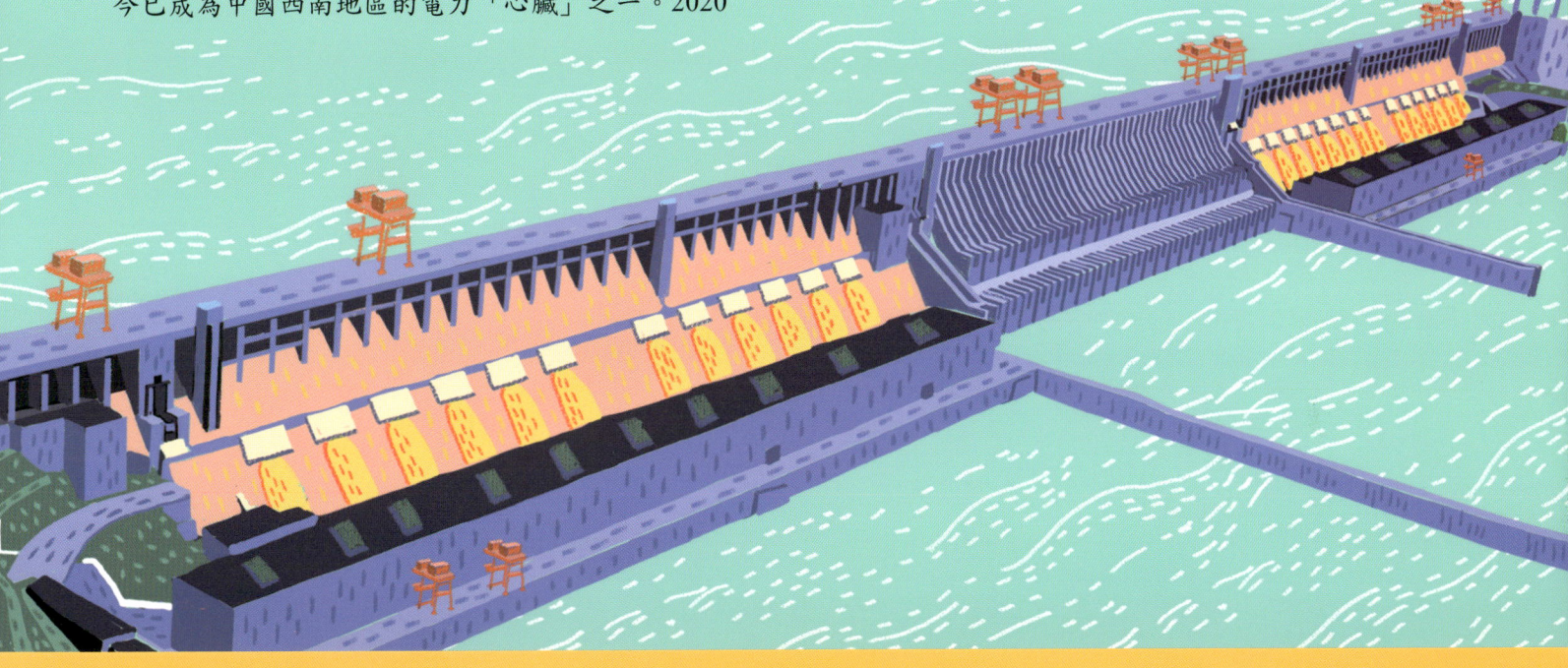

過往船隻是如何通過三峽大壩的？

　　三峽大壩那麼高，從這裡通過的船隻應該怎麼「翻」過去呢？這就不得不說到物理學中的「連通器原理」：上端開口相通或底部相通的容器被稱作「連通器」，在連通器中裝上同種液體，那麼當連通器中液體不流動時，各容器中液面終將會保持齊平。

　　在三峽大壩的兩側各設有五個船閘，它們在船隻翻壩的過程中扮演的就是連通器的角色。船隻駛入第一個閘室之後，關閉兩端閘門，然後打開閘室下的閥門放水，使閘內水位與下一閘室水位齊平，打開一二閘室之間的閘門，船隻就能夠駛入第二閘室。按照相同步驟，船隻連續駛過五級閘室到達下游，直至駛出最後一級閘室，成功通過高高的三峽大壩。

古朗月行（節選）

〔唐〕李白

小時不識月，呼作白玉盤。
又疑瑤臺鏡，飛在青雲端。

◎ 瑤臺：傳說中神仙居住的地方。

1 這首詩很好懂

小時候不認識月亮，把它稱為白玉盤子。又懷疑它是瑤臺仙鏡，飛懸在青雲之上。

2 詩詞鑑賞課

本詩將月亮比作「白玉盤」、「瑤臺鏡」，描繪出月亮的圓潤皎潔，比喻貼切，想像豐富；而「飛」字又讓圓月充滿動感。

3 詩詞故事：李白與月亮

　　李白現存詩作約一千多首（其作品十之八九已散佚），其中提到月亮這一意象的就有四百多首。「小時不識月，呼作白玉盤。」這是他小時候對於月亮的初始印象。後來，離開家鄉、思鄉情切的他，揮筆寫下「舉頭望明月，低頭思故鄉」之句。失意時，他借酒澆愁，恍惚間「舉杯邀明月，對影成三人。」兒子出生後，李白為其取乳名為「明月奴」。

　　據五代《唐摭言》記載，六十一歲那年，李白在采石江泛舟夜遊，醉眼朦朧之際，他看到水中一輪明月，便伸手去撈，不慎落水而死，結束了自己與月亮的不解之緣。

「月亮」與「酒」，是李白詩作中繞不開的兩個重要意象。

4 小試牛刀

下面哪一個名詞不是月亮在本詩中的意象別稱？（　　）
A.白玉盤　　B.玉兔　　C.鏡子

5 「雲」字飛花令

遠上寒山石徑斜，白雲生處有人家。——〔唐〕杜牧〈山行〉
三十功名塵與土，八千里路雲和月。——〔宋〕岳飛〈滿江紅·寫懷〉

參考答案：B

好奇放大鏡

月亮：玉兔的「老家」

「白玉盤」、「瑤臺鏡」，早在一千多年前，年紀尚小的李白就已經對月亮萌生出純真的幻想。高高懸在空中的「白色圓盤」，億萬年間不停地照亮地球的黑夜。在古代傳說中，那裡是玉兔生活的地方，是嫦娥的住所……對於這個地球的「好鄰居」，你知道多少呢？

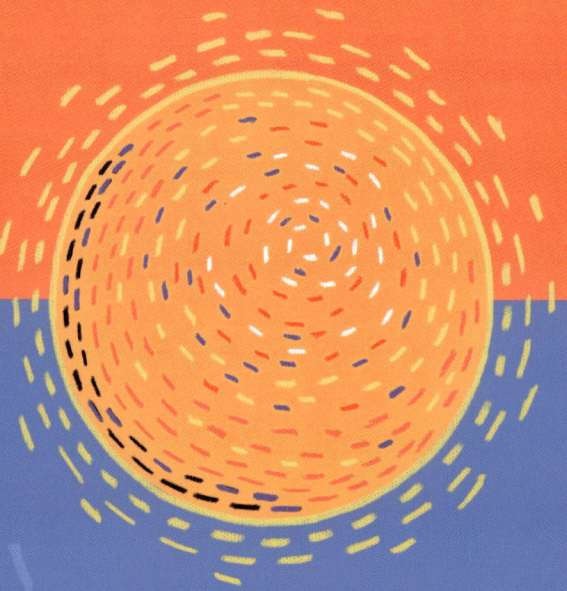

❶ 月亮幾歲啦？

月亮是地球的衛星，它陪著地球已經有45億年之久了。據猜測，在太陽系形成之初，一顆火星大小叫「忒（ㄊㄜˋ）伊亞」的小行星和地球發生了碰撞，「忒伊亞」被撞得粉碎，撞擊發生的爆炸把無數的碎片拋出了地球，並在地球周圍形成了一片巨大的「碎片雲」。這些碎片在日積月累的相互堆積、吸引及融合過程中，便形成了如今的月亮。

❷ 神奇的月球世界

月球表面的環境與地球表面的環境是截然不同的。那裡非常荒涼，是一個沒有生命活動的世界。月球表面沒有像地球表面那樣的大氣層，直接暴露在宇宙空間之中，所以月表的溫度變化是非常劇烈的。白天最熱的時候，月球表面的溫度能達到120℃以上；晚上最冷的時候，溫度能降到-183℃左右。

在月球表面幾乎到處都能看到「環形山」，這些環形山又叫作「月球隕石坑」，它們和地球上的火山口形狀相似。

③ 月球的旋轉

你知道嗎，月球自轉的時間和它圍繞地球公轉的時間是相同的！當月球和地球旋轉起來時，月球始終以同一面朝向地球——這種關係叫作「潮汐鎖定」。也就是說，一般情況下我們站在地球上看到的月亮始終是同一面。

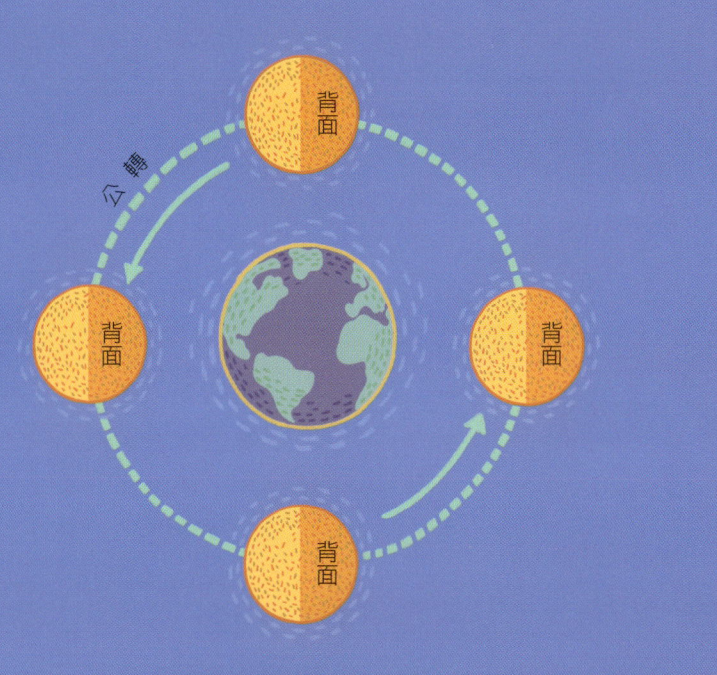

▲ 如果月球沒有自轉只有公轉，我們可以看到月球的各個側面

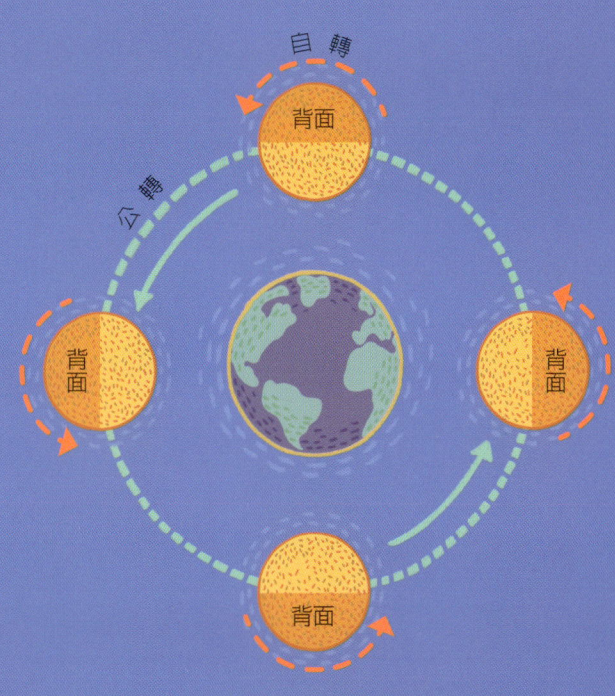

▲ 因為月球自轉與公轉週期相同，我們只能看見月球的同一側面

為什麼人到了月球上會變「輕」？

在物理學中，物體的質量不會變，但重量卻是會變的。但現實生活中，同一物體的重量在地面上不同海拔高度或者在不同星球上，都是會發生改變的。在地球上，物體的重量跟它與地球之間的引力大小有關。如果上了月球，那就跟物體與月球之間的引力大小有關了。月球上的引力只有地球上的六分之一，所以穿著厚重太空衣的太空人可以在月亮上「蹦蹦跳跳」，身輕如燕。

江南

漢樂府

江南可採蓮，
蓮葉何田田。
魚戲蓮葉間。
魚戲蓮葉東，
魚戲蓮葉西，
魚戲蓮葉南，
魚戲蓮葉北。

◎ 可：適宜，正好。
◎ 田田：荷葉茂盛舒展的樣子。

❶ 這首詩很好懂

　　江南正值採蓮之季，蓮葉亭亭如蓋、繁茂舒展。魚兒在蓮葉間歡快地嬉戲。一會兒在蓮葉東邊，一會兒在蓮葉西邊，一會兒在蓮葉南邊，一會兒在蓮葉北邊。

❷ 詩詞鑑賞課

　　這是首漢樂府民歌。一二句直陳，描寫荷葉茂盛，正好採蓮；後文則全用反覆手法，句句相疊，表現魚兒在蓮葉間穿梭遊戲的場景，輕鬆而活潑，暗襯出採蓮人勞動時輕鬆愉悅的心情。

❸ 詩詞故事：漢樂府

樂府本是一個音樂官署。起初，漢武帝成立了樂府，負責採集各地民歌，並重新整理加工，配上音樂，便於在朝廷宴飲或祭祀時演唱。後來，人們就把「樂府」這一官署採集並製譜的詩歌，稱為「樂府詩」或「漢樂府」。

樂府詩有很強的現實主義色彩。與後世的其他詩體相比，漢樂府完全將現實生活作為創作的主題，題材包含婚戀、家庭、戰爭等各方面。敘事性強是樂府詩的另一個重要特點，如「樂府雙璧」——〈孔雀東南飛〉、〈木蘭詩〉。其中，〈孔雀東南飛〉是中國文學史上的第一首長篇敘事詩。

> 自古以來，採蓮就是一種盛行在江南一帶的夏季農事與民俗活動。採蓮通常指採摘蓮蓬。

❹ 小試牛刀

詩句「蓮葉何田田」中的「田田」二字是用來形容（　　）。
A.蓮葉長得很高　　B.蓮葉搖曳多姿　　C.蓮葉相連，長得十分茂盛

❺ 「蓮」字飛花令

接天蓮葉無窮碧，映日荷花別樣紅。——〔宋〕楊萬里〈曉出淨慈寺送林子方〉
竹喧歸浣女，蓮動下漁舟。——〔唐〕王維〈山居秋暝〉

参考答案：C

方向：東西南北間的科學奧祕

好奇放大鏡

「魚戲蓮葉東，魚戲蓮葉西，魚戲蓮葉南，魚戲蓮葉北。」魚兒們游得如此盡興，一時竟分不清牠們到底在哪兒。東、南、西、北，簡單的方向、方位，在科技不發達的古代，可以藉助哪些手段輕鬆辨識呢？

① 透過自然現象確定方向

在沒有地圖導航的年代，古人主要透過觀察自然現象來確定方向，例如：古人經過一段時間的觀察，發現太陽總是固定從一個方向升起，又從另外一個方向落下。於是，古人按照這個規律確定了方位：把太陽升起的方向定為「東」，把太陽落下的方向定為「西」。

古人還會利用天空中北極星總是指向正北這一規律來確定方向。

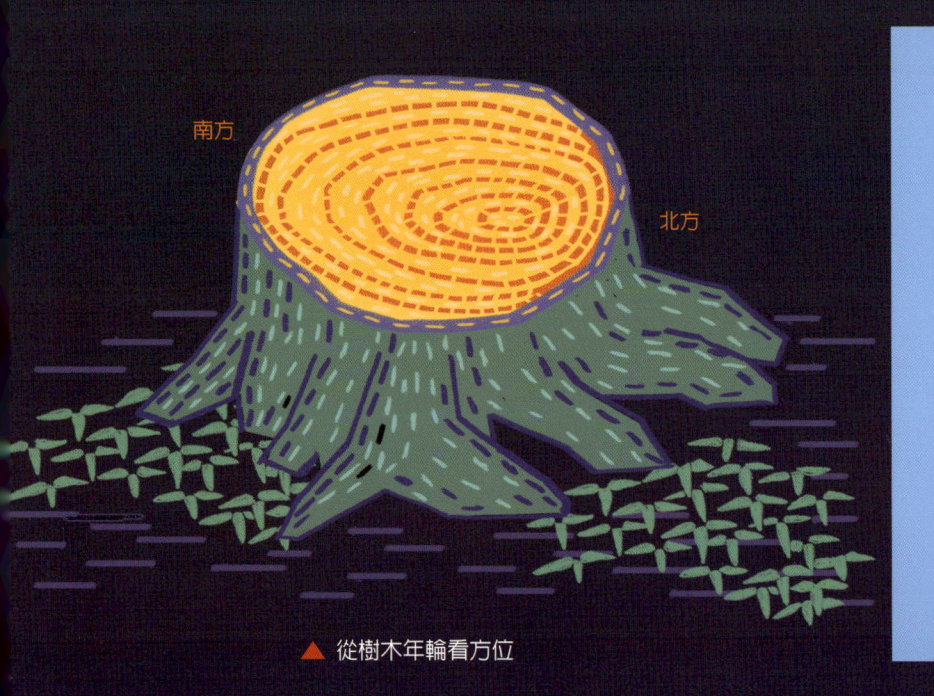

北極星

小熊座

南方　北方

▲ 從樹木年輪看方位

在北半球，如果能在野外找到一棵樹樁（ㄓㄨㄤ），就可以透過它的年輪來辨別方向。這是因為樹的年輪分布存在著一定的規律：南面的更寬，北面的更窄。如果找不到樹樁，也可以找一棵獨立的樹作為參考：一般樹南側的枝葉會更茂盛一些，而北側的則更為稀疏。有時候，動物的活動也可以為人們指示方向，例如：位於北半球的螞蟻，在修建洞穴的時候，洞口總是朝向南方。

❷ 神奇的司南

兩千多年前，中國古人發明了一種用於識別方向的神奇工具──司南。司南看上去像一把湯匙，有一根長柄和光滑的圓底，把它放在一個標有「八卦」和「天干」、「地支」等方位的方盤上。相傳，「湯匙」是用磁石製成的，撥動「湯匙」，讓它自由旋轉後靜止下來。這時，勺柄指示的方向就是南方。

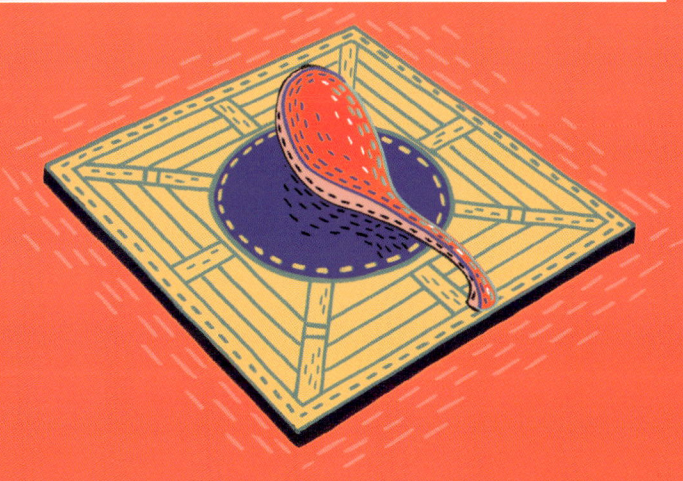

▲ 王振鐸（ㄉㄨㄛˊ）復原的司南模型

❸ 指南針的「旋轉密碼」

你可能見過一種神奇小巧、用於知曉方向的工具──指南針。在沒有特殊干擾的情況下，只需要將其靜放一段時間，它的磁針一頭就會指向南方，另一頭則指向北方。

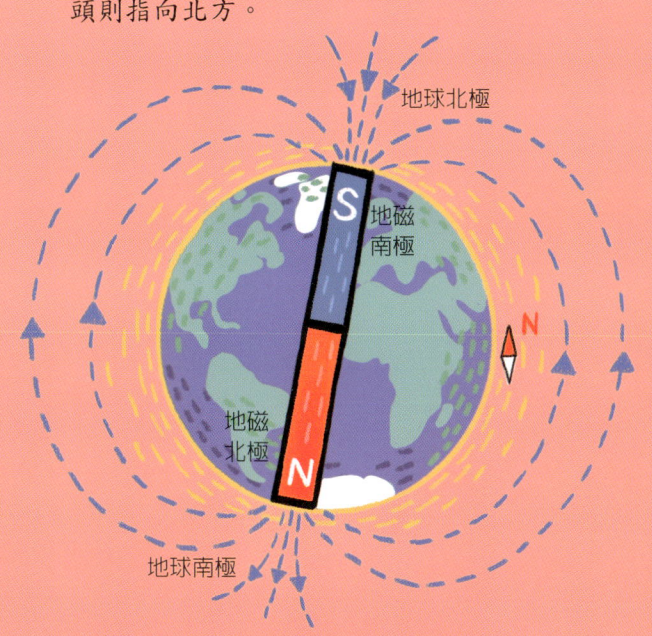

▲ 地磁磁極與地球南北極並不重合

這是因為指南針是用磁體做成的，每一個磁體都有兩個磁極，並且這兩種磁極之間會出現「同性相斥、異性相吸」的現象。而地球本身就像一塊「大磁鐵」，所以指南針的兩個磁極分別受著地球這個「大磁鐵」相反兩極的牽引。所以當指南針靜止的時候，磁針總是一端指向南方，一端指向北方。

為什麼信鴿能夠不迷路？

你聽過「飛鴿傳書」的說法嗎？在古代，信鴿常常幫助人們捎帶信件，因為牠們總是能找到路，不會迷失方向。為什麼信鴿會有這麼厲害的「超能力」呢？這是因為信鴿的兩眼之間有一塊凸起的地方，可以感知到地球磁場的變化。此外，信鴿還具有歸巢性、極強的視覺記憶和空間記憶能力，這些「特異功能」都能幫助信鴿順利找到回家的路。在自然界裡，許多物種都有著感知地球磁場的能力呢，例如：海龜、某些海鳥等。

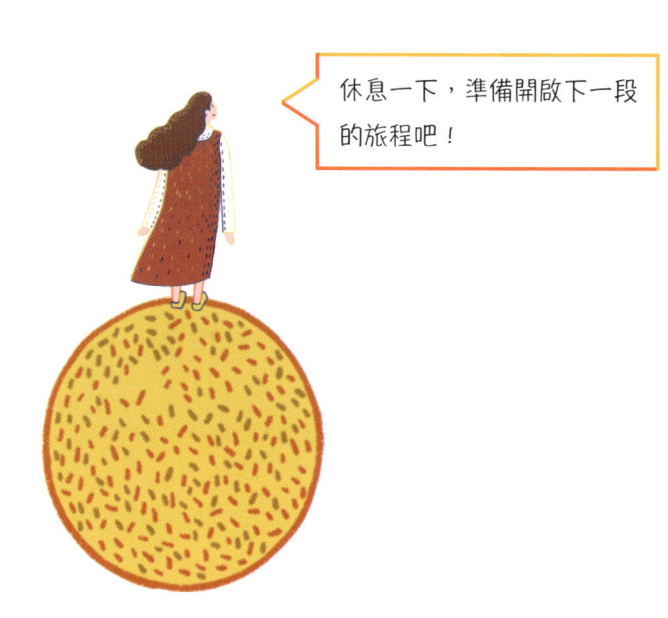

國家圖書館出版品預行編目（CIP）資料

笑讀詩詞學地理【天體水文】/新國潮童書編著.
-- 初版. -- 臺北市：五南圖書出版股份有限公司,
2025.03
　　面；　　公分

ISBN 978-626-423-159-6(平裝)

831　　　　　　　　　　　　114000750

ZX3J

笑讀詩詞學地理【天體水文】

編　著　者：新國潮童書
編輯主編：黃文瓊
責任編輯：吳雨潔
文字校對：盧文心、溫小瑩
封面設計：姚孝慈
內文編排：徐慧如
出　版　者：五南圖書出版股份有限公司
發　行　人：楊榮川
總　經　理：楊士清
總　編　輯：楊秀麗
地　　　址：106臺北市大安區和平東路二段339號4樓
電　　　話：(02)2705-5066
傳　　　真：(02)2706-6100
網　　　址：https://www.wunan.com.tw
電子郵件：wunan@wunan.com.tw
劃撥帳號：01068953
戶　　　名：五南圖書出版股份有限公司
法律顧問：林勝安律師
出版日期：2025年3月初版一刷
定　　　價：新臺幣350元

※版權所有‧欲利用本書全部或部分內容，必須徵求本公司同意※

版權聲明：
本書通過四川文智立心傳媒有限公司代理，經四川少年兒童出版社有限公司授權，同意五南圖書出版股份有限公司在中國香港、澳門、臺灣獨家出版、發行繁體中文紙版書。非經書面同意，不得以任何形式任意重製、轉載。

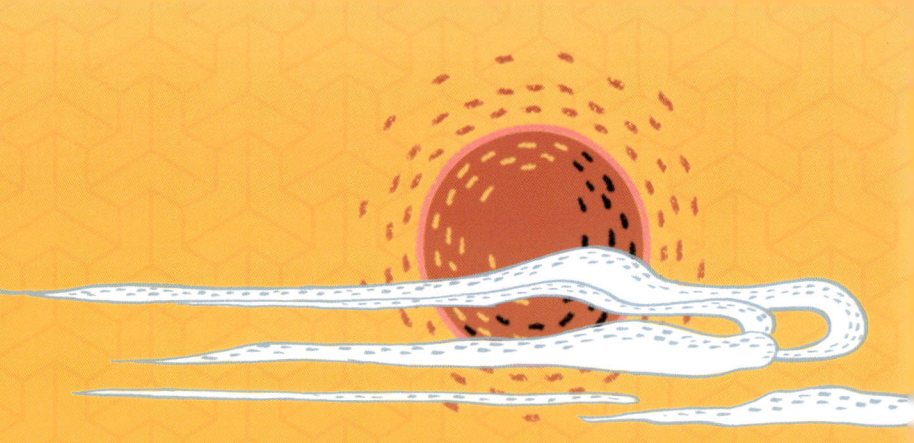